Du même auteur :

BÂTON DE RÉGLISSE
LE CIMETIÈRE DES PAPILLONS

Editions : Carnets d'Askalie
Impression : BoD Books on Demand, Norderstedt, Allemagne
ISBN : 9781719567855
Dépôt légal : juillet 2018.

WANDERLANDZ

« Si tu veux jouer avec moi,
Il te faudra m'apprivoiser. »

Le Renard,
le fameux Aviateur,
ou peut-être un Autre.

Il faut dépasser l'étroit pont sans trottoir où se pressent cyclistes, scooters et piétons pour pénétrer dans la banlieue de Cam Thanh, fameuse pour ses mangroves de palmiers. À la première intersection, tournez à gauche – vous pouvez prendre pour point de repère le karaoké qui, à la tombée de la nuit, fait résonner dans tout le quartier des chansons traditionnelles aux arrangements surannés. Vous passerez devant la maison où s'improvisent des cours de salsa (on peut parfois observer les danseurs à travers la porte ouverte) puis devant le salon de massage et son enseigne bigarrée. Elle s'imposera alors à votre regard. La grande maison détonne au milieu de ses sages voisines, qu'elle surplombe de quelques têtes. L'immense façade de briques rouges, parfois grisonnantes, tient du château de conte de fées avec son escalier extérieur en colimaçon et ses tours de jeu d'échecs. On y trouve la touche d'excentricité d'un Gaudi et l'élégance des vieilles maisons vietnamiennes, avec ses ouvertures et ses portes d'un beau bois sombre. On pense au musée Dali, au Pays des Merveilles en observant cette bâtisse née de l'intarissable imagination de l'architecte Jean-Emile Lecaron, qui sème des maisons fantasques dans le monde comme d'autres des cailloux sur leur chemin. C'est ici, dans cette rue tranquille qui ne porte pas vraiment de nom, que je me retrouve, un soir de mousson, trempé par la pluie et de sueur, mon sac à dos à mes pieds, à contempler comme vous la façade insolite.

L'intérieur de la propriété, qui donne sur le versant est du fleuve, est doté d'un beau jardin que l'on traverse sur un chemin de gravier blanc. Il faut ensuite emprunter le petit pont qui surplombe les courbes d'une piscine en arabesque pour se retrouver sur le seuil de la petite maison, où j'étais voué à détruire chaque matin l'ouvrage qu'une infatigable fileuse reconstruirait chaque nuit. Laissant comme son aînée la part belle aux briques rouges et aux boiseries, elle rappelle, avec son toit de tuiles à quatre pans, les anciennes maisons communales. Mais c'est l'intérieur qui séduit, avec ses lampions dispersés, ses charpentes, ses poutres bistre et, au cœur de la grande et unique pièce, son lit en bois verni, véritable refuge sous le déluge de la mousson. C'est ici que je m'installe, le temps de quelques semaines. Après cinq mois de vie nomade sur les routes d'Amérique Latine et du Pacifique, je suis impatient de perdre mon temps et de reprendre mes esprits.

La propriété appartient à Anna Moï, romancière franco-vietnamienne installée à Paris, rencontrée alors que j'étais étudiant dans le cadre d'un entretien sur son œuvre. Lorsque ma famille expatriée, après soixante ans d'incertitude, se décide enfin à revenir au Vietnam pour m'y retrouver, c'est à elle que j'écris. J'ai dans l'idée de me remettre à écrire, ou de développer le projet musical un peu fantaisiste de réorchestrer les titres de mon album *The Freak Parade* avec des instruments traditionnels vietnamiens. Elle me parle alors de la petite maison de Hoi An, propice au retour de l'inspiration. Fidèle à mes engagements, je déclare « espace d'écriture » l'un des plans de travail, celui qui donne à l'est, et m'y réfugie chaque matin avec une régularité militaire. Mes envies sont troubles. Je suis découragé par l'idée d'écrire un nouveau roman et crains d'être pris par le temps, un vol Bangkok-Cochin étant réservé pour Noël. De plus, le principe du roman m'apparaît de plus en plus artificiel, fondé sur des mécanismes de rationalisation de la fiction qui me semblent contre-intuitifs. Je sens que j'ai quelque chose de plus simple à exprimer. Le besoin de parler de ce que j'ai toujours écarté par le passé dans mes productions musicales comme littéraires, souvent dédiées à l'enfance : mettre l'Homme, adulte, dans toute sa grandeur, au cœur du monde.

J'ai rédigé les premières pages intuitivement, sans me poser la question du format ou de leur publication. En couchant le monde que j'avais traversé sur le papier, je me libérais de l'excédent émotionnel accumulé les mois passés. En rendant hommage à ceux et celles qui, par leur humanité, m'avaient touché, j'avais l'impression d'accomplir une juste tâche, d'être là où il fallait être. En repensant à mon pays, mon époque et à ses démons, j'avais l'espoir innocent d'être utile. C'est l'histoire d'Eli que je choisis de raconter en premier, parce qu'elle est aussi terrible que silencieuse, aussi aigre que volatile. Puis les souvenirs affleurent, d'autres visages viennent peupler le silence de la petite maison de brique, se fondant dans ma belle collection de héros anonymes, édifiant la plus humaine des comédies.

Il est peut-être candide de réduire ces hommes et femmes à leurs plus beaux traits, stéréotypé et injuste d'opposer les gens d'ailleurs et les gens d'ici, moralisateur de partager les leçons tirées de sa petite expérience. Autant de réflexes contre lesquels je tente de lutter, avec plus ou moins de bonheur. Au fil de l'écriture, pourtant, l'envie de contredire cette voix qui récite qu'il faut s'imposer, violenter, dénoncer, cette voix pour qui le monde se réduit aux frontières nationales, à ses médias, ses polémiques du moment, pour qui l'Afrique n'est que pauvreté, l'Inde se résume à la lèpre, la

Thaïlande au tourisme sexuel. Qui a donc abîmé nos yeux au point de nous rendre aveugles à ce qui fait la grandeur des Hommes ?

Dans la petite maison d'Hoi An, l'écriture a soulevé plus de questions qu'elle n'en a résolues. Demeure la certitude que le futur est ailleurs et l'envie de témoigner, de parler à ceux qui ont toujours hésité à suivre la piste de l'insecte fou. Demeure le vieux centre marchand illuminé par les lampions les soirs de pleine lune, les artistes d'opéra et leurs légendes, demeure le partage d'un verre d'alcool de riz, au détour d'un jardin.

Hoi An, 1er décembre 2016.

Valérian MacRabbit

Wanderlandz

Récit

Carnets d'Askalie

La Tangente de l'île

J'ai vu des îles entourées d'eau, chaleureuses et luxuriantes
Et au cœur de l'un de ces paradis, le regard triste, sourire aux lèvres,
Un Homme souffrir d'être trop seul.
J'ai exploré son périmètre, nagé avec ses fauves, guidé par le chant des baleines
Jusqu'à prendre la fuite

Vers une autre de ces îles où, ivre déjà,
Un Homme rencontré par le plus grand des hasards,
M'installant à l'arrière d'une automobile d'un autre temps,
M'a servi son monde sur un plateau sans argent,
N'acceptant pour salaire
Qu'un peu de musique et de temps.

J'ai vu des îles si grandes
Que leurs habitants n'avaient jamais vu la mer, ni d'Homme blanc
Mais en dépit de leur ignorance, chacun me prenait par le bras
Et m'emmenant dans des taudis de tôle sombres et froids
M'asseyait près de l'âtre et, partageant un fond de thé noir,
Me disait en souriant que l'invité est roi.

Lorsqu'en ce vendredi, je poussai la porte de la salle de classe
Curieux d'explorer le périmètre de ma nouvelle escale
S'est offerte à mes yeux la plus monstrueuse des parades.

J'ai croisé quelques sourires et j'en ai cherché d'autres,

Curieux de voir certains fuir en hurlant au son d'un simple « bonjour ».
Peut-être n'avais-je pas parlé assez fort
Peut-être n'avaient-ils pas entendu.

J'ai vu des regards vides, des regards vagues et des regards hostiles
Comme si, inconscient d'une guerre qui s'était jouée sans moi,
J'avais par mégarde posé le pied
En territoire ennemi.

J'ai distingué, au cœur de cette fanfare hystérique
Où tous se parlent mais personne ne s'écoute
Quelques questions curieuses étouffées par des rires
Dans lesquels ne résonnaient ni joie ni partage
Des rires d'ignorance, de méfiance et d'indifférence.

J'observe curieusement cette assemblée de ruminants révolutionnaires
Qui a fait de la bataille du chewing-gum une cause nationale,
Singulière mixture d'alliés et de chefs de guerre,
Et, à la fois amusé et perplexe,
Je les remplace, le temps d'une minuscule seconde
Par mes anciens étudiants à la peau sombres, affables et souriants,

Par ces hommes et ces femmes qui, sans me connaître,
M'ont accueilli dans leur petite salle de classe sans vidéoprojecteur
Avec la bienveillance que l'on accorde sans préjugé à tout inconnu.
Ces hommes et ces femmes dont la curiosité s'exprime par le silence
Dans un monde où les questions appellent des réponses
Que l'on sait attendre et entendre.
Ces hommes et ces femmes pour lesquels l'éducation a un prix
Mais qui savent que le respect se partage avec profusion
Plus qu'il ne se dépense.

Lorsqu'une seconde s'est écoulée et que m'apparaissent en filigrane
Cet enfant avachi comme un vieillard sur son sac à dos de marque,
Le dos de l'un et la nuque d'une autre en guise de présentations,

Les négociations passionnées pour la pause d'un cours qui n'a pas encore commencé
Et surtout cette masse de bruit
Dans laquelle résonne tout l'égocentrisme
D'une société où tout s'exige et rien ne se donne,

Alors, m'installant tranquillement à mon bureau dans l'attente du silence
Je me dis que cette île est bien la plus exotique qu'il m'ait été donnée de découvrir
Et que jamais on ne m'a réservé si mauvais accueil.
Il n'est toutefois pas d'aventure que l'on refuse
Et je me risque à jouer la carte de la sincérité.
Pour dissiper l'orage,
Le pari des mots plutôt que celui de l'autorité,
Dans l'attente tranquille que tombent les masques d'enfants terribles
Et que se révèle, peu à peu, le visage plus sympathique
Des adultes que vous êtes déjà en train de devenir.

« Le Périmètre de l'île »,
6 février 2018, Lycée Charles Poncet, Cluses.

Enclosure

Tuamotus

Bruissement de feuilles continu, hypnotique. S'estompe le tintamarre percussif. Au loin, l'animal a pris le large.

Dans la grande salle de vie ouverte sur la végétation luxuriante de l'Île, dopée au phosphore accumulé dans les failles du lapiaz par des millénaires de déjections d'oiseaux marins, un portrait, celui de la dernière femme de son père. La mère d'Eli, quant à elle, n'existe tout simplement plus. Le jeune homme a été confié avec ses cinq frères et sœurs cadets à son puissant père, maire délégué de l'Île depuis des décennies, un cordial Polynésien de trois fois sa taille. Parmi cette ribambelle de petits orphelins devenus adultes, c'est Eli qui a été désigné pour s'occuper de la belle villa. Lorsque l'ensemble de la fratrie, à la suite du patriarche allègre, disparaît le temps d'une semaine pour célébrer les festivités du Farerei Haga[1] sur l'île de Rangiroa, le jeune homme reste dans sa grande maison vide, au milieu des reliques célébrant la gloire du Père, avec pour seule compagnie son ami Jack et la musique ragga qu'il diffuse bien fort de sa Playstation pour que le temps passe plus vite.

---

1 Rencontres sportives et culturelles réunissant des compétiteurs de l'ensemble de l'archipel des Tuamotus.

En dépit de ses longs et beaux cheveux ébène, de ses yeux en amande, de sa finesse et de sa grâce presque androgyne, Eli n'est pas beau. Il n'est pas laid. Il est simplement triste. Comme un mauvais sort qui se serait abattu sur lui au berceau, jamais un sourire ne vient atténuer cette impression de douleur retenue qui déforme les traits de son visage mélanésien. Eli en est tout simplement incapable. Lorsqu'il essaie, les muscles de sa mâchoire se crispent en un rictus qui déconcerte. Lorsque ses amis ou quelques rares voyageurs se risquent à lui demander de fixer son image sur leur téléphone, une peur panique s'empare de lui, il s'imagine au milieu de tous ces gens joyeux et souriants, pris à défaut pour l'éternité, et refuse d'un mouvement de tête silencieux.

Il faut le voir, pourtant, au volant de son gros camion, léger comme une plume. Sa silhouette frêle valdingue avec les crevasses sur lesquelles la vieille machine culbute. Les gens de l' Île racontent qu'Eli a semé la terreur autrefois, volé des fruits ou peut-être des effets personnels dans les maisons ouvertes. Un accident de moto l'aurait transformé, assagi, attristé. Sa colère ayant été digérée en souffrance, on l'aime bien, à présent, dans cette version inoffensive et discrète. Apia, comme l'appelle étrangement son Père, déambule tel un ectoplasme dans la grande villa, ramenant du poisson, nettoyant de temps en temps. Son père dirait de lui : « Apia, il n'est pas gros mais il est gentil ». Sa sœur dirait : « Tu sais que ce n'est pas lui qui prendra la succession de mon père. C'est mon mari ». Et Eli lui, d'Apia, ne dirait rien : « c'est comme ça qu'ils m'appellent ».

Pourtant cet homme au visage doux et fatigué dissimule jalousement son secret : il joue des couteaux avec dextérité et maîtrise avec une finesse rare les textures et l'éventail de saveurs sucrées, salées, acides, épicées et fruitées des ressources naturelles de son Île pour créer une cuisine unique en son genre, à son image. Toute la semaine, il nous accompagne du regard, nous observant dévorer avec frénésie les sashimis de thon blanc accompagnés d'une sauce de son cru, les poissons volant au lait de coco, les très rares crabes de cocotier marinés qu'il faut aller débusquer en plein cœur de la nuit dans la jungle, au risque de tomber dans les gouffres du lapiaz. Dans les bras de son ami Jack, il refuse inlassablement de nous rejoindre : « lorsque je bois, je ne mange pas », dit-il avec son rictus caractéristique. Plus tard, il annonce, en confiance : « moi, je suis un alcoolique ». En deux semaines, jamais nous ne l'avons vu avaler le moindre aliment.

Eli est devenu, au fil des jours, un ami. En tant qu'hôte, il n'a jamais failli. En tant qu'Homme, il a rapidement surmonté sa réserve naturelle pour faire preuve d'un sens de l'humour très fin. À bord de son gros camion, nous avons exploré des grottes marines isolées, escaladé les falaises calcaires de l'Île, refait de jour une partie du chemin des crabes, joué du *kamaka*[2] jusqu'à ce qu'il se mette lui-même (incroyable) à fredonner. J'aimais sa présence, sa douceur, l'impression de devenir moi-même quelqu'un de meilleur tout simplement parce que j'étais ici, assis à côté d'un homme profondément généreux, un homme que tous les enfants de l'Île connaissaient et adoraient pour ses gâteaux au citron vert.

Lorsque le Père et ses enfants rentrèrent des festivités, le visage d'Eli s'assombrit. Il devint soudain très compliqué de le voir, de lui parler. Il semblait nous fuir et s'effaçait de nouveau derrière son masque de tristesse.

Dans les contes, les princesses orphelines, Cendrillon ou Raiponce, trouvent leur salut dans l'amour. Il leur est offert sur un plateau bien avant qu'elles atteignent trente-six ans. Eli voudrait

2 Ukulélé hawaïen.

avoir des enfants, peut-être, un jour, en tout cas pas tout de suite, quand il aura cinquante ans. Aujourd'hui, la belle villa du maire s'est repeuplée. Le père, la sœur, le beau-frère héritier, les invités, Apia, la pétanque et ce bon vieux Jack Daniel's. Des messages postés sur la toile, alarmants. Envie de boire, de disparaître. D'ici, l'impuissance.

Pour toi, mon ami, je souhaite un développement écotouristique de l'Île afin que tu puisses créer ton propre restaurant et que des voyageurs du monde entier profitent de ton talent et de ta passion. Peut-être qu'un jour, comme dans les histoires, quelqu'un aura le courage de traverser le Pacifique pour rejoindre ton refuge et gagner ta confiance. Peut-être qu'un jour, la vie te fera un cadeau. Mais sa surdité, au moment où j'écris ces lignes et que je pense à toi, m'attriste.

Itinéraire

Myanmar

Parmi les enfants qui se pressaient à ta porte, Eli, te souviens-tu de Nyi et de Nay ? Tous deux se ressemblaient mais Nyi dépassait Nay de quelques centimètres. Ils s'étaient rencontrés à l'école, à l'époque où ils la fréquentaient encore. Camouflés dans la prolifération de *longyis*[3] vert sombre et de chemises claires, ils s'étaient pourtant repérés dans la cour de récréation, avaient sympathisé et s'étaient fait déscolariser par leurs parents respectifs à peu près simultanément. Nyi avait commencé par travailler avec son père dans la petite pension ouverte à l'occasion de l'ouverture du pays au tourisme. Des journées durant, il patientait dans l'entrée, apportait les clés aux clients, lavait les sols de la salle d'eau, chassait les geckos, reprenait son attente aux côtés du veuf devenu muet. Le soir, tous deux dépliaient une légère couverture et s'y blottissaient, allongés sur les carreaux frais du corridor d'entrée, réticents à profiter des matelas des chambres libres. Certains voyageurs se scandalisaient de la situation, parlaient « d'esclavage moderne ». Face à leur incompréhension, le père avait peu à peu libéré Nyi de son labeur, exigeant simplement qu'il accomplisse les tâches d'entretien du quotidien. Le reste du temps, le petit garçon pouvait

3 Large pièce de tissu que l'on enroule autour de la taille.

sortir et c'est dans une ruelle du quartier populaire de Kanbe qu'il avait, quelques mois plus tard, retrouvé son ami Nay.

Les deux petits garçons se mettaient en route dès l'aube afin d'éviter les épuisantes chaleurs de l'après-midi. Chacun d'entre eux portait quatre cages savamment réparties aux extrémités d'un bâton pour équilibrer les charges. Ils passaient devant Madame Kii, qui, à cette heure, était souvent en train de laver la vaisselle de la veille à grande eau (celle-ci inondait le goulet et coulait sur leurs pieds nus), puis croisaient leurs camarades de quartier qui s'apprêtaient à rejoindre l'école, les visages barbouillés de *thanaka*, onguent végétal qui, en séchant, laissait des croûtes blanches sur leur peau sombre. Ils rejoignaient ensuite la grande route où s'agglutinaient déjà les marchands ambulants : la souriante Pyau, qui proposait des quarts de pastèque à 200 kyats, les vendeurs de limonade coupée au sirop et à l'eau sucrée, l'étranger aux longs cheveux qui leur offrait parfois des gâteaux au citron vert, les copains indiens proposant des sucreries multicolores au lait caillé, parfois aromatisées au durian[4] ou à la pistache. La rue était alors à l'apogée de son activité et les deux garçons peinaient à se frayer un chemin dans le grouillement de corps, de scooters, de bicyclettes (qui continuaient de proliférer en dépit de l'interdiction) et d'intrépides taxis, qui venaient pour la plupart du centre et se maudissaient d'avoir accepté cette course à Kanbe. Tout le monde connaissait les petits garçons aux lèvres rouges dans le quartier. Imitant les adultes, ils mâchaient en permanence du bétel[5] bon marché et leurs dents étaient déjà largement abîmées. Parsemant leur chemin de crachats sanguinolents, ils se serraient sur le quai de la petite gare et, accompagnés de la foule des travailleurs, embarquaient pour un long voyage en train vers le centre de Rangoon.

---

4 Gros fruit tropical à l'odeur très forte, qui peut évoquer le fromage.

5 Préparation végétale à mâcher aux effets grisants, qui rend la bouche rouge.

C'est dans le tumulte du centre pollué et puant qu'ils commençaient à travailler. Ils hélaient les passants d'une voix stridente : « oiseaux à vendre ! », « jolis oiseaux ! », trimballant les cages en bois qui retenaient captives une trentaine de perruches à tête grise. Ils prendraient soin de leur attacher les pattes lorsqu'ils les remettraient à un futur client. Les locaux les dépassaient rapidement : le commerce des oiseaux n'était plus très lucratif. L'élevage des parents de Nay battait de l'aile : il y avait de plus en plus de perruches à nourrir et de moins en moins d'argent à rapporter à la maison. Leur petite cabane en tôle ressemblait à présent à une immense volière, parsemées de déjections aviaires et plongée dans un tintamarre permanent de chants et de sifflements qui leur avait valu quelques conflits de voisinage.

Lorsqu'ils atteignaient la Vingtième Rue, les enfants aimaient s'arrêter devant le salon de fortune de Monsieur Hô, le coiffeur barbier de Chinatown. À l'ombre du seul arbre de la rue, ce dernier accueillait locaux et touristes sur un petit tabouret en plastique et, sous le regard attentif des enfants curieux, faisait cliqueter ses ciseaux dans un bruit de fond permanent, même lorsqu'il n'avait pas de cheveux à couper. On racontait que Monsieur Hô était devenu peu fou, à agiter compulsivement ses ciseaux toute la journée, mais qu'il demeurait un excellent barbier. Nyi tremblait d'effroi en observant la lame acérée se promener sur la gorge rougie des touristes allemands, s'aventurant tout près de la pomme d'Adam. Une impulsion meurtrière, un surcroît d'enthousiasme ou un mouvement mal assuré et c'en était fini du délicat client. Monsieur Hô tenait leur vie entre ses mains et il n'était pas étonnant que de sordides rumeurs de cannibalisme circulent au sujet du vieux chinois.

Depuis que les backpackers[6] avaient envahi le centre de Rangoon, Nay et Nyi avaient dupliqué leur stratégie commerciale. S'il s'agissait toujours de vendre des oiseaux de compagnie aux locaux et aux touristes asiatiques, ils s'étaient vite rendu compte que leur activité était très impopulaire auprès des voyageurs à peau blanche. Désormais, lorsqu'ils croisaient un occidental, ils le hélaient : « Saa, free the bird, five thousand, you give five thousand, I free the bird[7] ». La plupart s'indignaient, entrant dans une colère noire, d'autres pleuraient et quelques-uns donnaient l'argent. Le petit oiseau désorienté s'envolait maladroitement vers les gouttières sous le regard envieux de ses camarades en cage. Les jeunes femmes étaient les plus enclines à payer : avec les couples, elles constituaient les cibles privilégiées des enfants. Grâce à cette habile reconversion, le stock d'oiseaux avait enfin pu s'écouler et les deux familles mangeaient à présent à leur faim.

En fin de matinée, alors que les enfants s'apprêtaient à reprendre le train pour Kanbe, ils aperçurent Warwar à l'intersection de la trente-sixième rue. La jolie harpiste avait entonné un chant classique en ancien myanmar, dont la douceur et la délicatesse se mêlait au bruit des klaxons et de la circulation. L'instrument, amarante et doré, majestueux, avait la forme d'un magnifique navire, plein de promesses. Les deux petits garçons ouvrirent de grands yeux et, après avoir déposé leurs cages presque vides sur le bitume parsemé de crachats rouges, vinrent timidement s'installer à mes côtés pour écouter. Alors qu'elle n'avait pas encore terminé, ils s'approchèrent et, d'un mouvement simultané, chacun lui tendit sa petite joue, vierge de *thanaka*, dans l'attente d'un baiser. La harpiste s'interrompit.

---

6 Voyageurs au budget souvent modeste, caractérisés par leur sac à dos.

7 M'sieur ! Libère l'oiseau ! 5000, tu donnes 5000 et je libère l'oiseau !

Interruption

Chili

Le premier choc fut la nuit. Après avoir vécu plusieurs mois en zone équatoriale, où le soleil se lève très tôt, il me semblait impensable que mon avion, supposé arriver à huit heures du matin, m'abandonne dans une telle turbidité. Le second choc fut thermique. Le froid, comme une madeleine de Proust : je me revois, en métropole, me lever dans la nuit d'automne pour aller travailler. Les lumières de mon petit salon, violentes, qui me révèlent aux voisins. La radio que l'on met pour se réveiller, parce que l'on n'a pas envie de se réveiller. La voiture qui toussote dans la nuit et le malaise d'être projeté trop brutalement dans le circuit de la journée. On oublie vite les sensations désagréables. Je m'engouffre en maugréant dans le bus reliant le centre-ville.

Lorsque j'arrive à la gare routière, je frémis en voyant les gens emmitouflés dans leurs grands manteaux. Me voilà devenu cheimaphobique : je ne supporte plus l'idée même du froid. Son imagerie, ses couleurs, ses ambiances me plongent dans un malaise ridicule et inédit. Oubliés les délicieux fruits et les bons *secos*[8] équatoriens, évaporée l'agitation caractéristique des rues le matin, avec ses vendeurs ambulants et ses travailleurs pressés. Ici, trois femmes fondues dans les ténèbres se contentent de vendre quelques misérables sandwiches au jambon sans saveur.

---

8 Ragoûts caractéristiques.

Je marche dans l'avenue hostile et déserte à la recherche de mon logement. De hauts buildings désaffectés, des barbelés, d'interminables pans de murs sans entrée, tagués sans inspiration : Santiago a des airs ville fantôme, de Far West en décrépitude. Lorsque je pénètre dans l'immeuble, j'ai l'impression de régresser d'un siècle. Une vieille moquette rouge qui rappelle celle de *Shining*, des tapisseries de paysages accrochées au mur, les boiseries cirées et surtout, ce vieux monsieur, avec son élégance solennelle et ses rouflaquettes – véritable concierge de film en noir et blanc. Par malchance, je n'ai que le prénom de mon hôtesse du soir. Nous fouillons dans les registres remplis à la main et finissons par dénicher une « Edna ». L'ascenseur tressaute dangereusement et, face à la porte indiquée, je reste sans réponse.

Me voici donc de retour dans la rue alors que les premiers rayons du jour apparaissent. Direction la station de métro « Université » pour attendre que se profile l'heure de mon rendez-vous avec Bernardo, qui a accepté de passer la journée avec moi. L'heure vient et passe. Les policiers sont partout et je me demande pourquoi. Un mail : « j'y suis ». Une réponse : « moi aussi ». Nous nous cherchons sans nous trouver. Il comprend : « tu es à l'université de Santiago ? Moi, je suis à celle du Chili. Je reprends le métro et j'arrive ». En l'attendant, j'observe les passants et mets le doigt sur une nouvelle explication à mon malaise : les Santiaguinos sont laids. Ils sont singulièrement pâles pour un pays latin, paraissent malades dans leurs gros manteaux et ont des visages malformés, peu équilibrés, de petits yeux de souris et de grosses lèvres. Ma sensibilité esthétique est heurtée : il me tarde de rejoindre un endroit où les gens sont moins vilains. Un mail : « j'y suis ». Je réponds : « j'y suis toujours ». Il comprend : « es-tu vraiment à l'université de Santiago ? ». Je vérifie : la station s'appelle

« Université catholique de Santiago ». Je peste. Cette fois-ci c'est moi qui prend le métro pour rejoindre Bernardo et, pour un peu, je lui serais tombé dans les bras.

Bernardo est d'une grande gentillesse, il parle à voix basse. Alors que nous marchons dans la ville, les seuls musiciens que nous rencontrons sont un chœur de témoins de Jéhovah accompagné par la litanie d'un petit tambour. Il s'en étonne : « normalement, le dimanche, la ville est pleine de musique ». Nous réalisons alors que nous sommes le 11 septembre, jour anniversaire du coup d'État : hormis un défilé de la police, la ville restera désespérément calme. Peu à peu, la température devient acceptable. La ville a du charme, un charme européen qui en devient presque dépaysant. Un délicieux *mote*, dessert sucré à base de pêches marinées dans du jus et des grains de blé, contribue à nous requinquer. J'apprécie la compagnie de Bernardo, ses explications, son flegme. Lorsque nous arrivons chez son amie pour déjeuner, les déboires du matin sont oubliés, je suis reconnaissant et de bonne humeur.

Au fur et à mesure que le repas se prolonge se produit un fait étonnant. J'observe une alchimie particulière entre Bernardo et sa fiancée Alicia et je ne parviens plus à détacher mon regard des deux amoureux. Des regards, de petits gestes discrets. Il met sa main sur la sienne, elle lui sourit. Aucun détail ne m'échappe. Et puis, l'évidence : c'est la tendresse et la douceur de leur relation qui me fascine. Ils ressemblent à deux enfants inoffensifs, bienveillants l'un envers l'autre, dans un cocon. Notre conversation est, à leur image, soyeuse, sans heurts. Il y a quelque chose de précieux dans ce spectacle auquel je suis inopinément invité. Je me surprends à trouver mes deux amis, pourtant au premier abord dans la moyenne santiaguinoise, charmants. D'une grande beauté, imparfaite, et par là-même frappante. Et je me demande alors si l'on ne fait pas fausse route en qualifiant de beau ce qui est sans sinuosité, sans accident, commun.

Lorsque je refais le chemin du matin en sens inverse, la ville est animée. À tel point que je ne reconnais pas la rue de mon immeuble et que je bifurque à plusieurs reprises sur de fausses pistes, désorienté. La nuit tombe dans un air de fête. Lorsque, bercé par le son du *charango*[9] et d'un tambour dont je ne peux expliquer la provenance, les vapeurs d'un délicieux *terremoto*[10] et l'affabilité de mes deux nouveaux amis, je finis par m'endormir sur l'une des chaises du Bar Popular, me vient la pensée ivre que, plus que jamais, l'Homme fait la ville et que la laideur fait l'Homme.

9 Instrument à corde au son métallique.
10 Boisson alcoolisée chilienne à base de glace à l'ananas et de vin blanc.

Terremoto

Egypte, Maroc

Lorsque Ahmed s'éveille en ce matin brûlant, tout a changé. Le long et dangereux trajet de la veille, de la capitale au Sinaï, s'est bien déroulé, jusqu'à son installation dans le bungalow qu'il partage avec ses nouveaux collègues de travail. Ses chemises sont encore dans sa valise ouverte, soigneusement pliées. Pour l'heure, c'est le polo de l'hôtel qu'il revêt. C'est le premier jour de sa nouvelle vie.

À quelques milliers de kilomètres, Issam, en dépit d'un décalage horaire défavorable, est déjà à son poste. Il fut un temps où cette auberge bon marché de Marrakech embauchait régulièrement des backpackers pour assurer, en rotation, la permanence à l'accueil, le service du petit déjeuner ou le renouvellement de la literie. Du fait de la montée inquiétante de la courbe du chômage, le patron privilégie à présent les locaux, qui affluent de tous horizons. Issam, originaire de Casablanca, aime parler aux clients occidentaux. Il les préfère aux habitants de Marrakech, qu'il surnomme « les demeurés » ou « les débiles ». Lorsqu'un groupe d'enseignants haut-savoyards vient s'enregistrer, il leur glisse discrètement qu'il a fait Polytechnique, conscient du prestige de l'appellation. Un moyen de leur signifier qu'il est comme eux, à leur niveau : éduqué, cultivé et malchanceux.

Sharm El Sheikh n'est plus que l'ombre d'elle-même. Depuis la révolution de 2011 et la chute du régime de Moubarak, suivie d'un nouveau coup d'Etat le 3 juillet 2013, les touristes désertent l'Égypte. La péninsule du Sinaï, berceau spirituel de toute une civilisation, est devenue une zone rouge, où les déplacements sont formellement déconseillés quels qu'en soient les motifs. Au sud des montagnes écarlates, Sharm constitue une enclave orange que les autorités égyptiennes tentent de protéger tant bien que mal des risques terroristes. Il faut dire que le dispositif militaire déployé autour de la ville est impressionnant. Rien à faire. Seuls les touristes russes, inconscients ou téméraires, s'aventurent encore dans la station balnéaire aux rues désespérément désertes. Ahmed n'est pas venu ici en vacances. Cet ingénieur célibataire de trente ans a perdu son emploi et peine à retrouver une source de revenu. Lorsque s'est présentée l'opportunité de travailler dans ce complexe hôtelier en étant logé et nourri, loin des troubles qui ne manqueraient pas de faire rage au Caire en cette période pré-électorale, il n'a pas hésité. Ce matin, il est préposé à l'organisation de l'activité du soir, une sortie divertissante dans un complexe commercial surveillé. Aux touristes qui ne comprennent pas bien le principe, il explique : « il y aura des bars, des boutiques, de la musique ». Puis il note soigneusement leurs prénoms sur sa liste.

Issam n'aime pas la médina de Marrakech, poussiéreuse, grouillant de rabatteurs insistants. Lorsqu'il rejoint son studio, il ne s'arrête pas pour contempler les tableaux colorés des artistes, ne va jamais au hammam, marchande à contrecœur. Il peste : certains touristes le prennent de haut, lui demandent des couvertures supplémentaires ou de remplir la carafe de jus d'orange. Il ne supporte pas qu'on lui donne des ordres. Alors il répond sèchement : « nous n'en avons plus et je ne suis ni magicien ni tisserand » ou encore « il sera aussi bon dans dix minutes ». Les commentaires assassins pleuvent sur Tripadvisor. Par chance, le patron ne sait toujours pas utiliser internet.

Du fait du déclin du nombre de touristes, les prestataires et les commerçants se montrent agressifs, parfois voleurs. Ahmed doit aujourd'hui régler le cas d'un client français, un écrivain un peu fantasque qui a réglé un aller-retour en navette privée vers le parc national marin Ras Mohamed et que personne n'est jamais venu chercher. Ce dernier est d'autant plus agacé que le prestataire devait lui rendre la monnaie sur son gros billet du matin. Un autre arrive essoufflé à l'entrée de l'hôtel, poursuivi par un chamelier en colère, lequel se plaint ne pas avoir été suffisamment payé pour la photographie et la promenade qu'il avait pourtant présentées comme gratuites. Tous deux acceptent cependant de poser avec l'inscription « Nous sommes en sécurité à Sharm », que l'hôtel publiera sur sa page Facebook.

Issam pénètre dans son studio et s'allonge sur son matelas de fortune. Contemplant le plafond couvert de traces de moisissures, il pense à ses parents et à ses rêves. Au temps des études, au temps de l'insouciance où il était encore permis d'aspirer à une vie d'adulte choisie, une vie d'adulte décente. Mais ce pays ne laisse aucun espoir à sa jeunesse. Certains appréhendent cette fatalité avec dérision et s'en accommodent. Lui se sent humilié, touché dans sa dignité. Gronde une colère sourde.

Le square de Soho est comme une oasis de lumière au milieu du désert. Après avoir parcouru sept kilomètres sur une route à quatre voies déserte, avec un arrêt au barrage militaire, le petit minibus arrive enfin à destination. Dans l'enceinte fortifiée du complexe, un autre monde, loin du silence angoissant de la ville. Difficile de ne pas penser à Las Vegas ou à Dubaï devant cette avalanche indécente de couleurs, de jets d'eau, de musique tapageuse. Ahmed reste perplexe devant le prix du kebab, dix fois supérieur à ce qu'il paierait au Caire. Abandonnant son groupe de vacanciers à ce délire d'artifices, il part s'asseoir, tendu, sur le bord de la fontaine. C'est alors que résonne un chant qu'il connaît bien. Un chant révolutionnaire célébrant l'action de l'armée et le coup d'Etat. Un petit groupe d'Égyptiens s'est constitué, entamant une joyeuse ronde au son des tambours. Certains filment avec leur téléphone portable. En s'approchant, Ahmed remarque avec amusement qu'au centre de l'attention se trouvent trois jeunes Ukrainiennes de son groupe. Mêlées à la fête, elles dansent furieusement, célébrant aux côtés des déchus, en toute ignorance, le soulèvement de tout un peuple.

Erupción

France, Bulgarie

À la suite d'un tour du monde musical de 7 mois, j'ai retrouvé en février 2017 la Haute-Savoie et mon lycée pour achever l'année scolaire. Contre toute attente, ce retour s'est révélé amer. Tout avait pourtant bien commencé, avec une arrivée en douceur à Barcelone, le plaisir de redécouvrir la beauté du ciel, des paysages et des villages français, qui m'apparaissent terriblement bucoliques. J'ai l'impression de voyager dans un tableau pastel jusqu'au lit de l'enfance, dans la maison maternelle, dans lequel je perds connaissance plusieurs jours durant. Le premier mois se passe sans choc ni désagrément : la France m'apparaît comme un nouveau pays à explorer et il n'est pas plus déstabilisant d'être de retour que de voyager de la Nouvelle-Zélande au Vietnam. J'ai plaisir à retrouver ma famille, mes amis et mon travail. Les jours s'enchaînent dans une routine paresseuse, qui ne me contraint plus à réfléchir à ce que je souhaite faire de mon temps. C'est après plusieurs semaines qu'affleurent les premières transformations. Mon corps devient paresseux, je cède aux multiples tentations des repas de famille et recommence à manger de la viande. Mes sessions de sport et de relaxation s'espacent ; s'estompe toute forme d'envie.

Comment expliquer cette lente, pernicieuse dégradation de mon état ? Ce retour au monde sédentaire, ce monde pour lequel la vie se résume à un immense emploi du temps, où tout est planifié, organisé me heurte. Quand la vie n'est plus téméraire ni spontanée mais le prolongement du travail, un remplissage détaché de toute envie immédiate. Que l'absence au présent se voit valorisée, qu'il faut planifier des vacances et un retour au travail, s'adonner à diverses obligations, s'organiser à la faveur d'hypothétiques événements ultérieurs. Je rentre moi-même peu à peu dans ce nouvel ordre, conscient cependant que notre temps de vie nous est confisqué, au prix d'un bénéfice qui m'échappe.

S'ajoute à ce mal-être social un trouble de l'identité. Le voyageur-caméléon, observateur, doit à présent réintégrer les sphères familiale, professionnelle et sociale, endosser des rôles qui semblent désormais bien étroits. Retrouver le costume de l'enseignant est particulièrement violent car il me semble à présent ridicule de jouer la carte de l'autorité. Mes tentatives de détours, par l'honnêteté, la connivence sont un semi-échec que je ne parviens pas à outrepasser car je refuse tout simplement de sacrifier ce que je suis à mon métier. Je me plonge dans littérature de l'absurde et interroge compulsivement les candidats au baccalauréat sur *l'Étranger* et *Caligula,* dans l'espoir illusoire d'une révélation.

Quelques semaines après mon retour, je décroche un poste au Lycée Français de l'île Maurice. Le soulagement et l'enthousiasme m'envahissent. S'ensuivent cinq mois d'incertitude, au terme desquels mon détachement est refusé. L'état de bien-être et de sérénité de mon retour se mue progressivement en tension. Je trépigne, relance, passe mon temps sur mon smartphone, ruminant les mêmes énergies négatives. À l'approche de l'été, je tente une échappée au Sénégal puis me ravise. Il faut me rendre à l'évidence : je suis moralement affaibli, au point de ne plus pouvoir repartir.

*

C'est finalement à Sofia, capitale Bulgare, que je tente de retrouver goût au monde. Dans le métro qui m'emmène jusqu'au centre, je me confronte avec plaisir à l'alphabet cyrillique, opaque et sibyllin. C'est par ce type de résistance que j'espère progressivement rappeler le voyageur endormi en moi. Un jeune homme qui ressemble à un mendiant est assis face à moi. À la manière d'un rabatteur, il me demande mon nom et d'où je viens. Suis-je capable de répondre à cette question ? Dans un français parfait, il requiert des précisions quant à ma région. Il baisse les yeux comme un enfant timide. Ses vêtements sont déchirés et sales. Il commence alors à me parler de la Haute-Savoie, de sa culture, de son histoire franco-italienne. Il cite, érudit, de nombreuses références et les personnages se succèdent. Je suis à la fois gêné, surpris et captivé. Puis, aussi discrètement qu'il m'était apparu, il m'annonce que c'est son arrêt et quitte la rame de métro. « Les Bulgares sont très bons en langue », me murmure en français une quarantenaire assise un peu plus loin.

Je déambule de nuit au cœur des larges routes communistes de Sofia. Des hommes grands et trapus, des femmes au physique atypique, à la fois slaves et orientales, maquillées à outrance. Je m'arrête pour goûter d'étranges pâtisseries au fromage et opte pour une boisson qui a l'aspect du café au lait. La décharge de sucre est tonifiante. Ivo m'apprendra plus tard que les bulgares raffolent de ce lait d'avoine visqueux.

Je déambule dans la nuit au milieu des chapiteaux dorés des églises et des chrétiennes voilées. Je cherche à me perdre, pour mieux retrouver mon chemin.

*

Le lendemain, je décide de ne rien manger. Besoin de rompre avec cette dynamique d'engraissement physique comme psychologique. Ivo m'a envoyé ses indications : « il faut prendre un train pour Bunovo, puis marcher 1 kilomètre pour atteindre la ville, passer sous l'aqueduc, traverser un petit ruisseau et poursuivre jusqu'à ce qu'apparaisse le marquage bleu sur la droite. Le balisage te mènera chez moi ».

Je me laisse porter par le hasard et monte dans un train sur le départ, sans en connaître la destination. Le contrôleur, furieux, me fait descendre à l'arrêt suivant, en banlieue de Sofia. Je prends sagement un ticket pour Bunovo, sous la pluie battante. Pour patienter, j'attrape des pokémons bulgares. Le train pour Bunovo est très lent et les paysages – champs et forêts – ressemblent à ceux de la France. Nous nous enfonçons dans les Balkans et croisons occasionnellement quelques minuscules villages. La Bulgarie semble être un pays désert. Je demande à trois adolescents de me prévenir quand nous arriverons à Bunovo. Ils s'y rendent en villégiature, justement. Ils ont fait le plein d'alcool et de chips pour l'occasion. Je les suis jusqu'au village, avec ses toits écroulés et ses façades fracassées. Ils me disent qu'ils aiment Marine Le Pen, qui a pris position contre l'Europe. Ils aiment aussi Jean-Luc Mélenchon pour les mêmes raisons.

Je vire à l'est, sous l'immense aqueduc, les vêtements trempés par le torrent d'eau qui se déverse furieusement. Quelques églises et des pruniers parsemés de fruits violets que je me refuse à goûter. Pas encore. En ce jour de pluie, impossible de traverser le petit ruisseau sans donner de sa personne. Je ne retire pas mes chaussures et m'y engage jusqu'au genou. Plus loin, une colline s'ouvre sur ma droite avec le balisage indiqué. J'escalade le premier monticule à pleines mains, faisant rouler pierres et rochers sur mon passage. Couvert de terre mouillée, j'emprunte le petit sentier, presque invisible, qui disparaît dans la forêt.

Le trajet est ardu et interminable. Une heure, puis deux. La faim m'envahit et je suis forcé de m'arrêter, pris de vertiges. Il faut reprendre, les dents serrées. Une heure supplémentaire me sera encore nécessaire pour atteindre la maison de pierre. Lorsqu'elle m'apparaît en contre-plongée, je m'arrête au milieu du chemin et, pour la première fois depuis longtemps, je souris pleinement et remercie ce Dieu en lequel je ne crois pas. La boue, la pluie, la faim, le froid et l'incertitude ont eu raison de ma torpeur. Enfin. Enfin, l'adversité et la mise à l'épreuve m'ont rendu à moi-même.

*

La vie chez Ivo est douce et chaleureuse. Il m'apprend que sa maison de pierre est en réalité un refuge, étape d'une fameuse randonnée traversant le pays d'ouest en est. Chaque jour, différents voyageurs s'y succèdent, des bruyants quadragénaires dont le t-shirt remonté laisse entrevoir le ventre gonflé à cet écrivain autrichien en quête de matière pour son prochain ouvrage. Je dors plus que de raison, la nuit, le matin, après le déjeuner et retrouve progressivement l'état de tranquillité qui avait été le mien par le passé.

Ivo a une quarantaine d'année. C'est un enfant blagueur, souriant et tactile qui passe de longues heures dans sa cuisine à préparer des soupes pour les randonneurs. Lorsque je le rejoins dans la salle commune, il me sert quotidiennement une salade de tomates de sa plantation, si différentes de celles que j'ai l'habitude de manger en France que j'imagine d'abord qu'il s'agit d'un fruit inconnu, assorties d'un fromage semblable à de la fêta et, accompagnement indispensable, de *rakia*[11] maison. Il me parle de l'Histoire de la Bulgarie, de ses multiples ennemis, de sa chanteuse préférée Lara Fabian (également très populaire au Vietnam et au Tadjikistan), des Pyrénées françaises, le plus bel endroit du monde d'après lui. Nous buvons tout l'après-midi en dépit de mes protestations ; un randonneur devait m'apprendre quelques jours plus tard que les signes de tête du *oui* et du *non* sont inversés en Bulgarie, variation lourde de conséquences.

*

La famille d'Ivo a profité de quelques jours de vacances pour lui rendre visite de Sofia. Son frère, sa femme, son neveu et sa nièce parlent peu anglais mais s'engagent sans peine dans une argumentation littéraire construite autour de Shakespeare, Maupassant, de la tragédie et de la comédie classique, à grand renfort de *rakia*. Ils m'initient à la belote et nous passons de longues heures autour de la table. Lors d'une partie de Santa De qui s'éternise, je manque de m'endormir sur mon banc en bois mais le neveu d'Ivo me certifie qu'il serait offensant d'abroger la partie qui m'oppose à son père avant d'atteindre les 11 points réglementaires. C'est un vieux monsieur rabougri, aux gestes très précis. Une cigarette à la bouche, il manipule les cartes avec une prestance qui me fascine. Chaque geste de distribution est ample, précis ; le regard accompagne la main et tout son corps se projette avec le jeu distribué. L'œil est concentré, nonchalant et c'est un régal d'observer l'artiste à l'œuvre.

*

Quand je ne dors ni ne bois, il m'arrive de prendre le large dans l'ombrageuse forêt qui entoure le refuge. Solitaire, j'avance sur le

11 Eau de vie bulgare.

chemin de randonnée, m'en écarte pour mieux le retrouver. Puis soudain, alors que la la pinède s'estompe au profit de la nudité des plaines, je me retrouve au cœur d'un embouteillage inattendu : de bruyantes vaches se mêlent au chevaux sauvages abandonnés par des fermiers d'antan tandis que des dizaines de gitans en quête de myrtilles et de framboises déambulent bruyamment sur leurs carrioles. Moi qui imaginait que l'endroit était isolé !

Je croise un jour, au milieu d'un troupeau de vaches, le chemin de Daniell, orthophoniste et passionné de VTT. Nous sympathisons et entreprenons l'ascension de la colline la plus proche. « 50% des tziganes sont de bonnes personnes, grogne-t-il, mais il faut se méfier des 50% restants. Ils volent beaucoup ». Nous croisons une famille qui pousse son automobile d'un autre temps dans la montée du chemin. Ils nous saluent alors que le moteur parvient par miracle à redémarrer. Leur peau est brune et je ne saurais dire ce qui, en eux, évoque à la fois la convivialité et la misère. Daniell tient son VTT près de lui et refuse de le dissimuler dans les buissons. Il me désigne toutes les plantes environnantes par leur nom savant et m'indique leurs vertus. Arrivés en haut de la colline, le brouillard nous masque tout point de vue. Qu'importe. Nous nous asseyons sur l'herbe mouillée et scrutons le masque de pudeur sous lequel le monde, d'humeur grise, préfère se dérober. Je ne suis pas déçu. Il n'y a rien de décevant à contempler la brume auprès d'un nouvel ami.

*

Ma rémission étant complète, je finis par planifier mon départ du refuge. Ivo plaisante mais a l'air attristé. Il me promet de me tuer si je ne reste pas une semaine de plus. Le dernier jour, j'insiste pour lui proposer mon aide en cuisine. Bien mal m'en prend. Une avalanche de reproches s'abat sur moi : « tu coupes les morceaux de poivron trop gros ! Et la vaisselle, il faut bien la rincer ! Mets davantage de paprika ! Assez, va boire ton *rakia* ! ».

Quelques verres plus tard, je suis de retour dans la forêt, le sourire aux lèvres, prêt à vivre, enfin, encore. Je sens qu'Ivo m'observe, de sa maison de pierre, altière et solitaire. Les chemins se croisent et se séparent, embaumés par le doux vertige de l'alcool. Je suis l'un de ces fins sentiers qui se dessinent à travers les pins, en contrebas duquel m'apparaît, impromptue, une petite cabane que je n'avais jamais remarquée jusqu'alors.

Landz

Swaziland, Afrique du Sud, Mozambique

Devant la cabane est assise une jeune femme à la peau noire, les cheveux noués en fines tresses et le regard courroucé. Je la salue poliment ; elle me fait signe, d'une main par avance agacée, de présenter mon passeport, qu'elle épluche avec sévérité, page par page. Les tampons sont nombreux, multicolores, et chaque page tournée semble l'irriter davantage. Lui ai-je par inadvertance jeté un regard malplaisant ? Ce travail est-il épuisant ? Déteste-t-elle les Blancs ? Me trouve-t-elle laid ? Je peine à expliquer l'hostile spectacle qui se joue.

Elle parle, avec une intonation descendante qui évoque davantage une injonction fulminante qu'une question.
- Où est votre famille ?
Je suis surpris par la question. Elle la répète plus fort, comme si elle s'adressait à un enfant ou à un dégénéré.
- Ma famille... Elle est en France. Dans le Sud, pour ce qui est de mes parents.
- Mais les autres ?
- J'ai de nombreux oncles et tantes. Il y en a à Sète. À Montpellier. Des cousins aussi.
- Votre femme, et vos enfants, où sont-ils ?

- Je n'ai ni femme, ni enfants. Je voyage seul.
- Seul !
Elle me scrute avec insistance comme si elle cherchait à me confondre. Le verdict tombe :
- Vous êtes venu au Swaziland pour chercher des femmes.
Un fou-rire intérieur succède à la stupeur mais l'accusation semble trop grave pour que je me permette de rien laisser transparaître. Je me contente de murmurer avec un sourire :
- Non. J'étais en Bulgarie.
Elle durcit son regard. :
- Vraiment ?
- Non, vraiment. Et les femmes swazies ne sont pas mon type.
D'un geste aussi impatient que celui qui m'avait accueilli, elle me signifie de déguerpir. Le tampon sud-africain est apposé à côté du visa thaïlandais. Je ne peux m'empêcher d'ajouter, avant de prendre la fuite :
- … Mais elles font de charmantes petites filles !

*

Dans son roman *Disgrâce,* Coetzee raconte la chute d'un professeur d'université afrikaner ayant abusé sexuellement d'une étudiante noire après l'apartheid. À travers ce personnage, l'effondrement d'une hégémonie, la fin d'un monde. Quinze ans plus tard, nourrie par ses contrastes anciennement destructeurs, l'Afrique du Sud a pourtant su se défaire de son obsession des couleurs. À tel point que c'est mon œil européen qui est frappé de voir, dans la gare de Johannesburg, un jeune blanc miséreux demander l'aumône à d'élégants noirs en costume. Surpris quand j'entends un vieux fermier aux yeux clairs faire « cliquer » sa langue en zoulou. Car ici, tout rappelle l'Afrique : les dialectes chantants, les pick-up remplis de passagers, les jeunes assis sur le bord de la route. Dispersés parmi la douzaine de groupes ethniques peuplant le pays, quelques grands blonds au teint rougi par le soleil, qui, de toute évidence, ne sont plus des Européens immigrés mais des Africains blancs. Simples, rudes et attachés à leur terre.

Le sentiment d'insécurité, pourtant, est permanent. On m'interdit de sortir le soir à Johannesburg. La plupart des habitations mettent en avant le panneau rouge caractéristique « Fire response ». On entend ici et là des histoires de fermiers blancs massacrés. On me motorise pour traverser la bourgade de Piet Retief en sous-entendant non pas que je *risque*, mais que je *vais* me faire agresser au couteau si je rejoins mon agence de location de voiture à pied. On ressent la présence d'une délinquance urbaine similaire à celle de certaines villes des Etats-Unis. L'Histoire ultraviolente du pays a indubitablement laissé des traces. Mais, comme dans le livre de Coetzee, les Blancs, coupables et horrifiés par leur monstruosité passée, semblent accepter en silence ce retour de bâton, comme une expiation. À la sortie de la pièce à charge *Ndebele Funeral*, présentée à Durban, une vieille dame blanche ne cesse de demander pardon en répétant : « mais qu'avons-nous fait à notre pays ? ». Car sur le plan socio-économique et en dépit des efforts du gouvernement pour réhabiliter les *townships* en remplaçant la tôle par du béton, les clairs-obscurs restent marqués.

Pourtant, au quotidien, ethnies blanches et noires cohabitent dans une remarquable harmonie, intégrant par ailleurs avec aisance des couleurs étrangères, notamment malaisiennes et indiennes. En témoigne la spécialité culinaire de Durban, le *Bunny Chow*, pain de mie fourré de viande au curry orangé ou encore l'architecture du quartier multicolore de Bo-Kaap à Capetown. Les métis, les asiatiques et les arabes sont réunis dans une groupe ethnique fourre-tout : les *coloured*. Mon hôte Yusuf, avec son nom et ses yeux légèrement bridés, s'y rattache, même si ses origines ne sont pas clairement identifiées. Dans son petit studio au réfrigérateur toujours vide, un grand lit qui ressemble à un parc d'attraction : température réglable, dossier amovible, conversion en semi-fauteuil. Soigné, poli et à l'écoute, Yusuf est, à l'image de la côte Ouest, un occidental dans sa meilleure version.

Quand on parle avec Yusuf, il n'est plus question de couleurs. Les noirs sont sympathiques, il donne volontiers quelques pièces à celui qui l'aide à se garer en ville. Les blancs, aussi, mais tu sais, tout le monde vit ensemble en Afrique du Sud. Dans sa petite voiture résonnent des chants zoulous, xhosas remixés à la mode électronique avant-gardiste.

En fin d'après-midi, alors que nous marchons sur l'un des sentiers du cap de Bonne-Espérance, le crépuscule tombe. Après quelques minutes à contempler l'océan, Yusuf se retourne et fronce les sourcils. Une vingtaine d'autruches, apparues dans le plus grand des silences, se sont dispersées dans la plaine. Leur silhouette opaque se dessine sur le plat rocheux du cap. La nuit va tomber d'une minute à l'autre mais mon ami n'a pas perdu son sang-froid. Il sort tranquillement son smartphone gris et googlise : « Comment échapper à des autruches ? ». Après certaines actualités donnant la chair de poule (« Trois cyclistes poursuivis par des autruches psychopathes », « Un touriste survit après une attaque terrifiante en Afrique du Sud »), un guide de survie, sur wikiHow : « Trois façons de survivre quand on rencontre une autruche ». Yusuf me fait tranquillement la lecture tandis que je surveille les animaux. « Elles donnent des coups de pieds, me dit-il, qui peuvent te défigurer et te tuer… Quand on en voit, il vaut mieux déserter les lieux rapidement... Mais elles courent très vite, à 50 km/h... Sinon il vaut mieux se cacher ou au pire… se préparer à se battre avec elles…

C'est ce qu'ils écrivent. » L'issue de cette soirée me semble soudain très incertaine. Nous observons les illustrations du guide de survie, invitant à grimper aux arbres, à tailler une arme de fortune pour se défendre et nous finissons par opter pour la solution de la dissimulation. C'est ainsi que, rampant dans les hautes herbes, le smartphone à la main, nous sommes parvenus à nous frayer un chemin jusqu'à la voiture. Au retour, une barrière fermée comme ultime obstacle. La policière dépêchée sur les lieux est rouge de colère, peinant à croire à notre sombre histoire d'autruches qui donnent des coups de pieds. La remontrance est aussi sévère que l'amende salée. Yusuf est convoqué au tribunal et, dans l'attente, nous sortons dîner d'un bon steak de viande ennemie.

Le soir suivant à la même heure, après une belle journée d'exploration, à la rencontre des otaries et des grands requins blancs, nous nous arrêtons sur le bord de la route. Le coucher de soleil est grandiose, un ciel comme il n'y en a qu'en Afrique. Comme dans une peinture impressionniste, tout un camaïeu de bleus s'associe aux nuages et à la vapeur de l'océan pour donner naissance à une fascinante érubescence. Et je me dis que c'est dans ce violent assemblage de couleurs, sur la terre comme dans le ciel, que s'affirme la monstrueuse magie du pays.

*

J'arrive à la frontière de Kosi Bay une demi-heure seulement avant la fermeture de la petite cabane qui fait office de douane. Je laisse *Little Blue*, ma petite voiture bleu ciel mordue de brousse et de marécages, en jachère sur le parking d'un vieux monsieur à la barbe blanche. Depuis plusieurs heures, la savane ; à peine quelques villes traversées. Des camionnettes ouvertes dans lesquelles s'entassent des dizaines d'Africains qui m'observent avec curiosité.

Par-delà la frontière, un désert sablonneux sans route qui ne se traverse qu'en 4x4. Le premier village est à trente kilomètres à vol d'oiseau. Devant le poste-frontière se tient un homme d'une cinquantaine d'année, le regard dur. Il me fait rentrer sans un mot, vient se placer derrière un petit comptoir en bois et feuillette mon passeport. Les murs sont parsemés de photographies en noir et blanc et d'objets incongrus. J'ai l'impression d'être dans le salon d'un brocanteur.

- Pourquoi n'avez-vous pas fait votre visa à Johannesburg ou chez vous, en Polynésie ?

- Parce que je savais que je pouvais le faire ici.

Il souffle.

- La photo d'identité.

Il la scrute, puis me scrute.

- Vous avez changé, dit-il sur un ton de reproche, comme si j'en étais coupable.

- J'avais les cheveux très longs, à l'époque.

Il souffle et me demande de me placer face à la petite caméra circulaire chargée de rectifier le tir. Je lui offre mon sourire le plus magnanime. Le visa d'entrée pour le Mozambique est le plus beau et le plus imposant de tous ceux qui se trouve dans mon passeport. Et vu le prix exorbitant exigé par le douanier, il se mérite. Alors qu'il appose le tampon de sortie du territoire sud-africain, je compte mes billets, trop peu nombreux, et demande à régler le montant par carte bancaire.

- Seulement en cash, dit-il.

- Dans ce cas, je vais retirer de l'argent.

Il m'indique le nom d'un village qu'il me semble avoir traversé il y a une éternité.

Je récupère *Little Blue* et repars dans la brousse. Le crépuscule est déjà tombé quand je suis de retour au poste frontière. Ce n'est plus le douanier revêche qui s'adresse à moi mais un enfant apeuré :
- Merci d'être revenu, dit-il d'une voix tremblante en collant le visa, j'ai eu peur que vous ne reveniez pas... Dans les faits, vous avez été hors du monde pendant une heure.
Sans me laisser le temps de méditer l'information, il ajoute :
- Le dernier 4x4 en a profité pour passer. Bienvenue.

Relais

Île de Pâques, Thaïlande

Un léger grondement se fait entendre et un 4x4 gris, d'une marque qui m'est inconnue, apparaît soudain entre les deux buissons délimitant l'entrée de la propriété. Bepo ne peut pas ne pas l'avoir vue, ni entendue ; pourtant, il ne lève pas les yeux de son instrument, ne lui fait pas signe d'attendre ou de rentrer. Le petit garçon au visage rond, par contre, commence à s'agiter, comme s'il attendait depuis longtemps d'être délivré de sa leçon, ou peut-être parce qu'il pressent l'orage qui ne va pas tarder à s'abattre sur lui. Assis au sol, sur les planches de la petite terrasse, je lance un regard amical à l'élégante dame qui attend au volant. Au bout de quelques minutes, sans doute agacée ou intriguée, elle finit par abandonner son véhicule au milieu de la petite allée non-goudronnée et vient à notre rencontre.

- Bonjour Bepo, lance-t-elle avec inquiétude, tout s'est bien passé ?

Bepo porte sur lui son sourire caractéristique, serein, bienveillant. Il laisse passer quelques secondes avant de répondre.

- Pour moi, très bien, oui.

La phrase reste en suspens, nonchalante.

- Mais lui, il n'a pas appris grand-chose.

Etrange confession de la part d'un professeur que d'indiquer avec un flegme satisfait qu'il n'a servi à rien. Il est vrai que la leçon m'a semblé singulière. Bepo a demandé au petit garçon au visage rond de recopier le texte et les tablatures d'une chanson traditionnelle de l'île intitulée « Ka ara mai to'ou mata ». Alors que ce dernier s'adonnait à la laborieuse copie, le professeur m'avait indiqué que le texte, en langue rapanuie, invitait l'auditeur à venir s'asseoir et à ouvrir les yeux sur la vie, à accepter sa nature et ce que l'on est, à discerner le bien et le mal, l'essentiel du futile. Puis il m'avait raconté avec prudence mais bienveillance l'histoire de son île et de ses six mille habitants. Le Chili, l'oppression, l'interdiction de parler la langue autochtone. « Nous ne sommes pas des Chiliens, avait-il dit. Nous sommes des Polynésiens. Un jour, je me suis rendu à Tahiti. Je m'y suis senti chez moi. Si j'étais resté quelques mois, j'aurais pu parler la langue parfaitement ». Enfin, il avait sermonné le petit garçon qui n'avait pas terminé de recopier et qui n'avait pas écrit les accords en rouge, contrairement à la consigne qu'il avait donnée, et la mère était arrivée.

- C'est dommage, reprend-il en s'adressant à lui. Ta mère a investi dans ces cours particuliers, elle t'a acheté un ukulélé, un beau ukulélé que j'ai mis des semaines à fabriquer. Et toi, tu viens, mais tu n'as pas envie de faire quoi que ce soit.
Le visage de la dame élégante s'est départi de son sourire. Son regard passe du professeur à son fils, incertain. Bepo, quant à lui, est serein. Il parle d'une voix douce, légèrement distraite. Si je ne comprenais pas l'espagnol, j'aurais imaginé qu'il faisait une déclaration d'amour. Mais (je devais le réaliser plus tard), le choix de la langue n'était pas anodin et j'étais tenu d'écouter l'échange.
- En trente minutes de cours, poursuit-il, tu n'as fait que recopier le texte de la chanson. Et tu n'as pas utilisé les bonnes couleurs. Chaque semaine. Voilà trois mois que nous sommes sur la même

chanson. Il n'y a pas d'envie, pas d'intérêt. Ta mère gaspille son argent, je perds mon temps et toi aussi.
Le petit élève sourit, mis devant le fait accompli, incapable de savoir quelle réaction adopter devant l'humiliation. La dame saisit l'occasion pour se positionner, timidement :
- Il faut que tu travailles, Apia. C'est important, d'avoir une culture musicale.
- Il ne dit rien, et il ne fait rien non plus, coupe la voix presque amusée de Bepo. Nous avons un invité, ajoute-t-il en me désignant, joue-lui le morceau.
L'enfant rougit. Dans un balancement de tête timide, il baisse les yeux et minaude : « non ». Lame de fer dans un gant de velours, la voix de Bepo tranche :
- Tu me parles comme si j'étais ton père ou ton ami. Mais je ne suis ni ton père, ni ton ami, je suis ton professeur. Si je te dis de jouer, tu ne dois pas discuter, tu dois jouer.
Le petit garçon continue de sourire, incertain. La mère l'invite à jouer, pressante. Il semble avoir envie de pleurer. C'est finalement Bepo qui intervient, bienveillant :
- Il n'en a pas envie. Ça ne l'intéresse pas. Je pense que nous perdons notre temps. Il est inutile de poursuivre.

Bepo est le seul luthier et professeur de ukulélé de l'île. La dame en est consciente et promet que les choses vont changer, qu'elle va s'occuper de faire travailler son fils à la maison. Elle arrive même à obtenir une promesse du petit garçon. Je sens bien que Bepo n'est pas dupe, mais sa nature l'empêche de contrarier ces bonnes résolutions. La dame se répand en excuses, en compliments, en remerciements puis en adieux. Elle s'enfuit, en tirant son petit garçon par le bras, avant que le professeur ne puisse s'opposer à ses desseins.

Bepo les regarde s'éloigner tranquillement. Je réalise que le ciel s'est singulièrement recoloré depuis leur départ. Un malaise s'est dissipé. Le malaise qu'inspirent les Hommes maquillés ou violentés. Bepo tient un petit papier griffonné à l'encre bleue dans sa main. J'aime être assis à ses côtés. Son aisance, son adéquation avec lui-même rendent le silence confortable. Il y a comme de la complicité dans l'air, de l'amusement. Il agite le morceau de papier :
- Cette chanson-là est très ancienne. Les gens la chantaient quand j'étais adolescent. Aujourd'hui, plus personne ne la connaît.

Mes yeux brillants lui demandent de me l'apprendre.
- Mais toi, poursuit-il, tu peux recopier celle-ci.
Il me désigne le siège encore chaud et la petite table libérée par l'élève. Le texte de « Ka ara mai to'ou mata », rédigé d'une écriture appliquée d'écolier, y est posé, intact. Je repense à ce qui s'est déroulé en cette fin d'après-midi, et je me demande à qui la leçon était adressée.
- N'oublie pas de mettre les accords en rouge, précise-t-il, chantant presque.

*

À la tangente de l'île, le professeur d'anglais s'est muni d'un microphone rouge dont le câble est lié à une enceinte portable. Les élèves, âgés d'une douzaine d'années, si polis et sympathiques à l'extérieur de la classe, se sont transformés en petits monstres. Ils rient bruyamment, tournent le dos au tableau, jouent, hurlent. Le professeur, imperturbable, crie dans son microphone pour outrepasser le vacarme. Il me présente en thaï et me fait applaudir comme une vedette. Certains élèves se retournent pour écouter, ils posent des questions en thaï que le professeur me traduit en anglais. Je réponds en anglais et le professeur traduit en thaï. Les *apprenants* se lèvent, s'exclament, se lancent des stylos. Il me demande de chanter une chanson de mon pays : je la hurle dans le microphone.

Un élève se lève et crie quelque chose. Le professeur me traduit qu'il veut me chanter une chanson de son île. Le silence se fait ; les autres sont curieux.

Le gamin au visage rond vient au tableau et chante dans une langue qui m'est familière.

Les sourires se font moqueurs et au bout du second couplet, il se fait copieusement siffler. Un petit insolent, particulièrement, se lève pour le huer à renfort de gestes offensants. Le professeur, digne et magnanime, applaudit le chanteur qui, avant de regagner sa place, empoigne son ennemi, lequel lui rend un violent coup de poing au visage. En ébullition, la classe se groupe autour des deux lutteurs. Le professeur, un sourire apaisé aux lèvres, les sépare avec douceur. Il me regarde d'un air de connivence : « ah, les enfants ! ». La haine dans les yeux, les deux élèves ne cessent de se scruter jusqu'à la fin du cours. Il y a encore quelques questions mais plus personne n'écoute les réponses. Deux garçons s'amusent à se pourchasser autour du professeur, qui ne se départit aucunement de sa sérénité et de son sourire. Il annonce que je vais signer des autographes. Explosion de joie. Tous empoignent leur cahier de cours et me le tendent simultanément. Ils se bousculent pour être les premiers à avoir mon griffonnage. J'ai le malheur, à mi-chemin, de dessiner un petit lapin sur l'un des cahiers. Tous ceux qui avaient déjà leur autographe reviennent en exigeant le lapin. Pendant ce temps, le professeur, transpirant dans son beau costume, se repose un peu. Il m'indiquera le soir venu que ses élèves ont adoré notre échange.

Em

Thaïlande

L'enquête avait révélé la présence de leurs ADN mêlés un peu partout dans la pièce. C'était donc ici, au cœur des effluves de santal, qu'ils avaient vécu et déambulé des années durant, le dernier des ogres et le petit garçon qui avait sincèrement fini par croire qu'il était son époux. Sur la photo de noces, l'enfant, affublé d'une jupe blanche, semble sourire.

Il est dit qu'un Homme se trouva un jour à la croisée des chemins.
D'un côté, une allée ombragée bordée de fleurs sauvages,
De fines branches de santal aux atours capiteux,
De l'autre, un goulet cerné d'orties et de ronces,
Se fondant dans une jungle aussi impénétrable qu'hostile.

Quel choix eut fait l'ogre, n'étant qu'un Homme,
Alors qu'une mère inconsciente ou avide, accourant vers lui,
Le priait d'accepter contre quelques billets bruns,
La promesse d'un paradis qu'il s'était toujours interdit ?
S'immoler ou détruire,
La fragrance de la luxure ou le chemin de croix.
S'incendier avec le monde, à vraiment choisir.

Des routes et des impasses bien différentes s'ouvrent à nos portes,
Un dédale d'avenues et de voix oppressantes
Qui nous somment, adolescents lunaires, de nous orienter
Dans ce labyrinthe de possibles
Au rythme de la candeur et de l'ignorance.
L'oreille contre les buissons, je devine la panique et parfois la révolte,
La crainte de s'égarer,
La crainte de faire erreur,
De rester prisonnier.

Il se dit pourtant que les grandes décisions sont prises avant l'heure,
Et que l'intuition parle d'un ton fort et ferme à qui sait l'entendre.
Dans un élan d'insouciance, comme on part faire un tour,
Je suis parti à l'aventure,

Telle était ma place, rien de plus, rien de moins.
Depuis longtemps déjà, tu tiens
Dans le creux incertain de tes doigts,
Le fil d'Ariane.

Loin de ces considérations,
Rendu fou par la Lune, le parfum des fleurs, une vibration soudaine
L'insecte fond et vire, inconscient des chemins tracés.
Il explore mille îles, ouvre les mers,
S'éveille aux pôles et s'éteint en Orient.
Sa trajectoire n'obéit à aucune règle,
Il fuit, atteint, choque dans une éblouissante vanité.
Nulle autre quête que celle d'être, d'avancer, toujours et encore.
Comme lui, comme d'autres,
Aux intersections je préfère les chemins de traverse,
Progressant tel un aveugle euphorique dans un monde
Qu'il me plaît de dévorer à ma guise
Et de transformer comme un enfant,
Sincère et menteur à la fois.
De fugaces impressions qui collent au doigt entre deux chapitres,
Un miel butiné sur mille fleurs et mille genres,
Né d'alvéoles aussi diverses et dissimilaires que les mots,
Les continents et les Hommes.
Comment – si ce n'est ainsi,
Dire le monde ?

« La Croisée des chemins »,
Saint-Étienne, 21 février 2018.

Intersection

Népal

Voilà trois heures que la nuit est tombée sur la jungle népalaise. Installé dans une carriole à destination de Bhâratpur, je tue les minutes en écrivant sur le clavier de mon fidèle ordinateur, à présent recouvert d'une pellicule de poussière ocre. Le fourgon est à l'arrêt. Il me serait bien entendu impossible d'écrire quoi que ce soit s'il roulait à sa vitesse habituelle, hoquetant sur les cabosses du tronçon routier reliant Katmandou à Pokhara. *Cela* porte le nom d'embouteillage, mais c'est sans commune mesure avec ce que j'ai pu connaître par le passé. Les heures se comptent en dizaines.

La veille dans la matinée, le bus a freiné. Face à nous, une interminable file de camions colorés. Sur les abords, des Népalais prennent leur mal en patience, s'installent autour d'un vendeur ambulant de *chotpoti*[12], s'endorment. Quelques heures plus tard, mon voisin me confirme qu'il faudra passer la nuit sur la route, jonchée par une jungle dont les magnifiques tigres font la renommée. Alors que les lumières du jour blanchissent : « si j'étais toi, suggère-t-il, j'irai jusqu'à la prochaine intersection et je bifurquerai vers Bhâratpur ». Suffisamment habillé par le crépuscule pour passer pour un local, mon baluchon à la main, je déambule

12 Snack bengalais très populaire à base de pois chiches, de crudités et d'épices.

entre les pots d'échappement des camions et des bus qui s'entrechoquent par centaines. Une ambulance se fait entendre mais les véhicules ont, dans leur impatience, occupé les deux voies. Une camionnette ouverte zigzague tant bien que mal entre les bolides immobilisés ; je rejoins à l'arrière un Indien et un Népalais qui fracassent de quelques sourires la barrière de la langue. Soudain, tout s'accélère, l'engin vrombit et, grisé par les microparticules toxiques qui me dynamitent allègrement les poumons, j'improvise au ukulélé quelques chansons apprises en hindi. Un enfant du village s'accroche au camion et joue des percussions sur la tôle. Le public est enthousiaste et les passagers qui nous succèdent viennent aux nouvelles, curieux, à chaque fois que la file s'immobilise. Ils tournent un film musical dans un village à quelques kilomètres. Au bout de quelques minutes d'attente, je quitte mes hôtes et reprend ma marche. Interrogeant les conducteurs à l'arrêt, on finit par m'inviter en direction de Bhâratpur. Mon bus originel est loin derrière, et la nuit commence à peine.

*

Ils sont frères mais nul n'aurait pu les créer plus dissemblables. Samar est aussi fin que Sandip est adipeux ; le premier est un artiste incompris, le second une célébrité de *soap opera*. Samar est un introverti passionné ; je le sens se dérober à nos conversations au gré d'une idée soudaine pour son projet de long-métrage, d'une inspiration irrépressible face à laquelle le monde ne fait pas le poids. Dans sa chambre spartiate traînent des livres cornés de Nietzsche et de Camus. *C'est Agatha Christie qui a bercé mon enfance*, précise-t-il, ce qui explique que chacune de ses « expérimentations » intègre, de façon tacite, une énigme à élucider. De Haneke, qui, au sein de son panthéon de cinéastes français indépendants, fait figure de favori, il a hérité du plaisir d'égarer le spectateur dans des méandres sans issues. *Mais n'est-ce pas, paradoxalement, en refusant les fins trop faciles et joyeuses que l'on tombe dans un automatisme inverse et, précisément, dans un stéréotype de cinéma indépendant ?* Le court-métrage qu'il me présente se déroule dans un ashram en ébullition après l'homicide d'une vache, sacrée dans la culture népalaise. Un anti-héros découvre le meurtrier mais se taira pour une raison que Samar refuse de m'expliquer : « tu le regarderas de nouveau ». Les images sont belles, l'ambiance pesante, mais je ne comprends aucun ressort de l'histoire, en venant même à supposer que le film n'a volontairement pas d'intrigue. *Faire pour moi ou pour le spectateur ? Si j'ai toutes les ficelles mais que personne ne les saisit, à quoi bon ?* Il m'indique qu'à ce jour, une seule personne a compris le sens de son film. Son projet de long-métrage repose quant à lui sur un scénario complexe dans lequel un grand-père sur le point de mourir échange avec son petit-fils venu à son chevet. Le premier est croyant pratiquant tandis que le second est athée. Ils se disputent, se déchirent mais sacrifient parfois leurs conviction à l'amour qu'ils éprouvent l'un pour l'autre. S'ensuit tout une intrigue policière avec les beaux-fils, les tantes et les belles-mères qui tentent d'élucider qui a assassiné le grand-père. C'est son grand projet. Il veut y intégrer toutes ses connaissances, toutes ses influences, toute sa passion. C'est une ratatouille. « Mais tu sais, me dit-il après un long silence, il y a une part de vrai. J'ai veillé mon grand-père. Lorsqu'il est devenu trop faible, indigne de lui-même, je l'ai enfermé dans sa chambre sans aération. Le lendemain, il était mort. Je crois que je l'ai tué ». « Comme dans *Amour*[13] ». « Oui ». *Mêler l'intimité du réel à la pudeur de la fiction. Retranscrire, transformer, jouer. Dans mon cas, c'est seulement ainsi que vient la création trépidante, la passion. Trop rarement... Si j'étais toi, je cesserais de penser, et je sentirais*. Son frère aîné fait une incursion bruyante dans

13 Film de Haneke.

la chambre : il le bouscule, impose sa présence. Son brushing est parfait et son visage poupin : je ne suis pas surpris qu'ils plaise aux producteurs de comédies à l'eau de rose. Samar a disparu, tandis que l'autre me montre les vidéos dans lesquelles il apparaît sur YouTube. On le voit lever les mains au ciel et pleurer de tout son soûl. « Je déteste son jeu, m'avait dit Samar, mais c'est lui qui a les contrats ». Sandip collectionne les followers sur les réseaux sociaux et propose de faire un selfie avec moi, lequel allait créer un buzz ridiculement considérable au Népal. Soudain, il lève les yeux de son avatar numérique et me regarde :

- Comment cela se fait que tu sois si blanc ?
- Pardon ?
- Les Français sont noirs normalement, non ?
- Cela arrive, mais il y a beaucoup de blancs en Europe…
- En Europe ? Ce n'est pas en Afrique, la France ?

*

La pluie s'est mise à tomber – nous sommes à la fin de la mousson. Je me revois discuter avec Samar. *Tu as une multitude de sources d'inspiration autour de toi. Pourquoi ne pas créer à partir de ce que tu côtoies au quotidien, de ce que tu connais ?* Ce qui me fascine chez les Népalais, c'est leur sens de la transgression. Rarement aurais-je connu une société aussi traditionnelle et conservatrice : une veuve ou une femme abandonnée par son mari ne peut se remarier, il m'est formellement interdit d'approcher la grand-mère, qui ne m'adressera pas une fois la parole, on me demande de me changer lorsque je pénètre en débardeur dans une pièce où se trouve la petite sœur. Quant à la compagnie aérienne Nepal Airlines, parmi les plus dangereuses du monde, c'est par le biais d'un sacrifice de chèvre en offrande aux dieux qu'elle a tenté de conjurer la défaillance technique de l'un de ses transporteurs, il y a quelques années. Et pourtant, ce même Samar qui tressaillit quand j'évoque l'existence d'homosexuels en Asie se revendique athée et nihiliste au grand désarroi de sa famille, contre laquelle il s'élève insolemment. Alors que le mariage est l'institution reine, il invite sa conquête du mois à venir le rejoindre dans sa chambre, mitoyenne de celle de sa mère et de sa grand-mère. « Mon père nous a laissés », grommellera-t-il distraitement. Ses amis parlent de sexualité de façon crue, avec l'excitation d'enfants qui outrepassent les frontières latentes au sein desquelles les vies s'installent paresseusement. Et il y a cette amie, trentenaire, jeune divorcée, le regard évasif. Elle rejoint Samar et ses camarades dans la salle attenante au petit magasin de téléphonie qu'ils tiennent au centre de Katmandou pour jouer à touche-pipi. Souvent magnifiques au naturel, les Népalaises peuvent vite se transformer en tristes clowns lorsqu'elles se blanchissent la peau et s'appliquent du fard à joue. Ils se moquent d'elle, la chahutent ; elle sourit tristement mais revient chaque jour à la même heure.

- Tu voudrais la niquer ? dit l'un des gamins.

- Non.

- Parce que je peux arranger ça. Elle a déjà niqué tout le monde ici, s'exclame-t-il en faisant des gestes obscènes en direction de la jeune femme occupée à prendre un selfie bouche en canard.

- Ce n'est pas du harcèlement, précise Samar, qui a remarqué mon malaise. Ils sont amis.

*

La pluie est tonitruante et le véhicule est à l'arrêt. Le conducteur m'indique qu'il est trop dangereux de conduire la nuit sous la pluie sur les routes accidentées népalaises. Nous allons rester ici, « sans doute pour 6 ou 7 heures, précise-t-il, d'ailleurs qu'est-ce que tu écris ? ».

*

Qu'est-ce que tu écris ? Face à moi, en contrebas, la foule s'est amassée autour des musiciens. Harmonium et tablas[14] s'entrelacent autour d'un chant répétitif, aérien, d'une mélancolie contenue. Trois hommes habillés d'un tissu ocre accomplissent un rituel savamment chorégraphié, manipulant bougies et accessoires religieux de connivence. Les mouvements sont amples et hypnotiques. De l'autre côté du fleuve, un mort, enveloppé tel un nouveau né dans un lange doré ne laissant dépasser que le blanc du bandage des chevilles, repose mi-immergé dans les eaux boueuses et trépidantes. Solennel et féerique, le spectacle me captive et je n'ai pas entendu l'homme approcher. Ses yeux semblent dessinés d'un trait charbonneux et la longueur de sa barbe grise n'a d'égale que la profondeur des rides qui entaillent ses joues creusées. Il ne sourit pas mais son regard est bienveillant, apaisant. Il porte la même toge ocre que les officiers de cérémonie et donne l'impression d'être un esprit surgi du cœur de la nuit. Tranquillement, il hoche la tête au gré de la rythmique syncopées des percussions.

- De belles funérailles, baragouine-t-il en français, d'une voix qu'il me semble reconnaître. Installe-toi ici, ajoute-t-il en m'indiquant un promontoire, c'est la meilleure vue.

Lorsque, quelques minutes plus tard, je me retourne vers lui pour le remercier, j'ai tout juste le temps de voir un sac à dos violet de marque « zungu » disparaître dans les ténèbres.

*

J'ai abandonné le fourgon pour trouver refuge dans un bus supposé rejoindre Bhâratpur. Mais l'arrêt se prolonge et quand le chauffeur réapparaît, il m'indique avoir changé d'avis : le bus partira finalement en direction de Pokhara. Mais la pluie a rendu la route impraticable. « Demain matin, nous partirons ».

---

14 Instrument harmonique pouvant rappeler l'orgue ou l'accordéon et percussions traditionnelles.

Quelques jours auparavant, j'ai quitté Samar et Katmandou pour Jositgaun, un minuscule village introuvable sur Maps. Le bus m'a déposé aux abords d'une route entourée de collines et de rizières d'un vert lumineux. Muni de la photographie de mon hôte, un trentenaire fin, à l'expression à la fois candide et joviale, j'aborde les habitants du village en leur demandant s'ils connaissent un fermier du nom de Madhusudan. Des enfants finissent par me conduire jusqu'à la bâtisse en tôle qui sert de maison de fortune à la famille, délogée par le violent séisme de 2015. « Tout s'est écroulé et j'ai perdu ma fille, m'explique Madhu, mais grâce à l'aide financière d'un Néerlandais rencontré sur Workaway[15], je vais bientôt pouvoir construire ma nouvelle maison. »

L'intérieur est sombre et rudimentaire. Nous mangeons à même le sol au milieu des sacs de riz, des épis de maïs fraîchement récoltés et des effets personnels du couple. Dans la journée, Madhu m'emmène voir sa ferme. Fin et accidenté, le chemin s'ouvre au cœur des rizières pour déboucher sur l'étal des chèvres et des deux buffles, lesquels, me précise fièrement mon hôte, valent 2000 euros chacun, raison pour laquelle il en prend soin et refuse de les traire à outrance. Sous mes yeux surpris, il pénètre en sandale dans l'enclos et se saisit de la bouse à grand bras, avant de l'expulser de la cabane grâce à une discrète ouverture. L'odeur ne le quitterait pas de la journée. De retour au village, pas de salle d'eau mais une source collective à disposition de l'ensemble des habitants : chacun vient à tour de rôle y laver son linge, s'y brosser les dents, discuter, s'y rincer les pieds et, peut-être, la nuit tombée, s'y laver le corps. « Mais garde toujours ton caleçon sur toi », m'avise Madhu. Sa femme ne m'adresse ni un mot, ni un regard ; tout juste relève-t-elle l'étoffe de son sari lorsque je viens à lui sourire. Ses dents semblent la faire souffrir : deux incisives s'échappent de ses lèvres à

15 Site web permettant de partir travailler à l'étranger en tant que volontaire.

l'horizontale, la défigurant. Attentionnée envers son nourrisson calme et silencieux, elle est tout aussi distante de son mari. La nuit venue, Madhu et Thakur, son fils de 4 ans, me rejoindraient sur la paillasse des hommes. Lors de la veillée, les enfants du quartier et quelques jeunes s'invitent dans la bâtisse. Ils se serrent les uns contre les autres pour regarder un film d'action indien sur le smartphone de Madhu. Sa carte mémoire en est remplie, côtoyant les clips de Justin Bieber et de diverses célébrités de Bollywood. Je sors mon jeu de cartes et un adolescent enthousiaste me rejoint. Il parcourt le jeu du regard et, me montrant un valet, m'interroge, décontenancé :

- Le « V », c'est pour « Queen », c'est ça ?

*

La nuit chez Madhu est longue. Les bruits de la jungle me bercent puis m'irritent. Nous nous serrons sur la petite paillasse et l'odeur de bouse s'est répandue dans toute la pièce. Soudain, un sifflement acide et rythmé se fait entendre. Je le reconnais. L'une des petites filles m'a parlé de ces fins serpents au cri strident qui peuplent la région. Il faut à tout prix les éviter car leur morsure est douloureuse. Simultanément, des coups qui me semblent sur le moment particulièrement violents s'abattent contre la tôle de la cabane. Je sens le corps de Madhu se raidir à mes côtés. Le petit Thakur, d'ordinaire vif et enthousiaste, dort profondément, enveloppé dans son lange. D'un œil discret, j'observe Madhu se relever et vérifier que la moustiquaire est bien fermée. Il allume son portable et braque le faisceau sur Thakur. Il parle doucement, comme s'il récitait une incantation ; Thakur ne lui répond pas. Pendant plusieurs minutes, il veille, lumière allumée, jusqu'à ce que le sifflement et les coups se fassent de nouveau entendre. Il frappe alors en retour contre la tôle et crie. Pendant plusieurs heures, le serpent rodera autour de la bâtisse, convoitant le corps vulnérable du petit Thakur. Crispé tel un félin, son père le protégera du mieux qu'il peut, de sa lumière, de sa voix, de son regard bienveillant. « Cet homme a mon âge, je pense, mais je me sens comme son fils. » Le jour venu, tout est oublié. À peine si Madhu mentionne la présence du serpent.

*

Il est parfois bon de s'égarer. À travers les possibles d'un imaginaire nocturne fécond, d'un long-métrage à fantasmer, d'une île à quitter. L'itinéraire de l'insecte fou n'a ni queue ni tête, ni début ni fin. Mais lorsque le hasard reprend les rênes de nos trajectoires, le monde vibre et les barreaux de nos confortables prisons s'estompent. Alors que les rayons blancs de l'aube envahissent l'autobus dans lequel je me suis finalement endormi, couvert de poussière et de crasse, je réalise que je me trouve encore au carrefour de Bhâratpur et Pokhara. Me parvient un message étrange de Samar qui s'inquiète de ne pas me voir rentrer. Certains passagers sont déjà affairés autour de stands de chaï improvisés tandis que d'autres continuent de ronfler bruyamment. La jungle s'étend jusqu'à l'horizon, impénétrable. Sur l'un des arbres, un corbeau me fixe avec insistance. Je n'ai toujours pas choisi où j'allais.

Wanderlust

Exhiliration

Inde

Alors que la nuit chaude enveloppe de son voile les quartiers sud et hyperactifs de Delhi, l'agitation caractéristique de Malviya Nagar commence à retomber. Une nuée de larges oiseaux, sans doute des corneilles, strient le ciel ; la lune est pleine. Les musiciens de rues remballent leurs instruments et ne demeurent bientôt que le rose des moquettes de fortune et le doré des décors exubérants installés dans l'avenue principale pour témoigner des festivités de la soirée. Tout près, au troisième et dernier étage d'un petit immeuble situé près du Block E, Amrit s'éveille et tend la main pour vérifier que la bouteille est toujours là, à côté. Une bonne chose de faite. La pièce est silencieuse. Pas une seule fenêtre pour lui rappeler qu'il vit dans cette ville de fous, avant-gardiste certes, mais dont la nature nerveuse et exubérante l'a depuis longtemps lassé. Un filet d'eau tiède inonde le carrelage brun de la salle de bains, entre les toilettes occidentales et l'évier. Il s'est levé à temps ; encore une demi-heure et il aurait eu droit à une douche glacée. La porte d'entrée s'ouvre puis se ferme. Sa colocataire a pris le large. Une aubaine pour cet oiseau de nuit. La journée ne fait que commencer.

Lorsque Pranav entre sans frapper, il trouve Amrit installé sur le vieux sofa à l'odeur de cigarette. En attendant l'arrivée de son ami, il a repris la lecture d'un classique français, *Histoire d'O*. « C'est bien plus qu'un récit érotique, dira-t-il à Pranav, il y a toute une philosophie derrière ». Les deux amis entament le whisky, conversant vivement. Amrit est devenu, comme beaucoup d'étudiants humanistes de Delhi, rédacteur. Son métier consiste à relire et corriger des articles qu'il renvoie par e-mail à son directeur éditorial. Le salaire est modique mais cette activité lui permet de travailler depuis son appartement, avantage inestimable aux yeux du jeune homme, pour qui le brouhaha de la ville est devenu un supplice. Pranav ne travaille pas encore, mais sa famille est aisée. Suffisamment pour lui financer son matériel de musique : cartes sons, microphones, violon, ordinateurs portables, claviers Korg et câbles de tous types ont envahi la petite chambre sans fenêtre d'Amrit. C'est ici qu'ils se retrouvent, la nuit venue, loin de la vanité des fêtes et des percussions traditionnelles, pour créer *leur* musique.

La soirée commence toujours par l'ouverture de la bouteille. Nos deux amis refont le monde, écoutent et réécoutent ce qu'ils ont produit la veille et l'avant-veille, retouchent, effacent, rejouent, perfectionnent. Le son n'est pas d'une qualité exceptionnelle et l'on peine parfois à comprendre les paroles, mais la passion se ressent dans chaque note qui résonne dans l'acoustique sourde de ces quatre murs clos. Ce soir, Amrit évoque l'envie de créer une série expérimentale intitulée *Blasphemy*. L'envie d'outrepasser les réflexes habituels de la création, de jouer sur les dissonances, de repousser les limites de l'audible. Pranav s'installe à l'ordinateur à la recherche d'un bon sample de batterie, terreau de leur créativité. Aucun des deux amis ne maîtrise l'art du rythme : ce sont avant tout des mélodistes et des harmonistes. « Je veux un beat léger, hypnotique, dit Amrit, quelque chose de planant, pour un blasphème sans violence, dans la subtilité ». Ce morceau sera différent de tout ce qu'ils ont produit jusqu'à présent. La guitare électrique d'Amrit, le violon de Pranav restent au placard et les voix en sourdine. Une première écoute, puis une deuxième, encore une dizaine d'autres, jusqu'à l'impression d'avoir trouvé le rythme idéal. La recherche d'un son de basse. Puis le meilleur moment, l'improvisation.

Sur le beat aérien bienheureusement élu, Amrit pose des fondations graves et discrètes. Elles résonnent dans leur casque et, associées aux effets du whisky, leur font oublier que ce sont des Hommes, de simples Hommes, dans un corps fait d'eau et de chair. L'espace de quelques minutes, ce sont des dieux, créateurs et destructeurs, maîtres des couleurs qu'ils insufflent à leur dernier-né, en symbiose avec cette inspiration qui les dépasse, qui a parasité leur esprit jusqu'à anéantir ce qui leur reste de conscience d'eux-mêmes. Pour accompagner le tambour ethnique choisi par son acolyte, Pranav a opté pour un son synthétique et aigu. Ses doigts parcourent le petit clavier familier, n'hésitant pas à s'aventurer du côté des touches noires, si inquiétantes pour qui ne maîtrise pas les règles structurelles du solfège. De cette improvisation naissent des gimmicks singuliers, qui reviennent comme des refrains, associés à des variations subtiles de rythme ou de notes, parfois enrichies d'une troisième mélodie qui vient donner de la puissance et de la spontanéité à l'humeur du morceau. Les notes sonnent et dissonent dans une frénétique exultation de liberté. Les deux démiurges ont les yeux ouverts mais l'esprit ailleurs, à la fois concentrés sur leurs doigts et à l'écoute de leur création encore informe, en gestation, merveilleuse. Au bout de quelques heures d'expression viendra le temps de la rationalisation. Que mettre à quel moment du morceau, fais attention à bien jouer, à ne pas faire glisser tes doigts sur le clavier, on peut faire revenir celui-ci à la fin, on peut peut-être commander vite fait à manger aussi.

Le jour se lève sur Delhi. À Malviya Nagar, la foule a repris ses droits dans le labyrinthe des ruelles. Layla, la séduisante colocataire, rentre de la discothèque de Hauz Khas où elle travaille ; je l'observe d'un œil ensommeillé traverser le petit séjour. Dans la chambre d'Amrit git, tel une laie épuisée par sa mise à bas, le gros corps de Pranav. Dans l'obscurité de la chambre sans fenêtre, au milieu des verres sales et des assiettes en carton tâchées de massala, Amrit, l'œil brillant, réécoute une dernière fois l'enregistrement « Blasphemy#1-ThePermutationofMoe.wav ». C'est bon. Pour ce soir.

Carpe Minutam

Nouvelle-Zélande

La lumière du matin transperce le vieux tissu brun qui a été tendu autour des fenêtres sans volets. Vous vous redressez sur le petit lit d'enfant et, perplexe, observez la chambre dans laquelle vous avez dormi, incapable de déterminer où vous êtes. Un petit bureau où s'empilent des vêtements épars, quelques assiettes en carton avec des restes de biscuits, des livres d'images. Un pan de mur terrifiant, rageusement peint de noir et de rouge, à moins qu'il ne s'agisse de moisissure. Vous regardez par la fenêtre et, à la vue de la brume d'Hokianga, les souvenirs vous reviennent.

Quelques jours auparavant, vous rentrez de la plage PK18 et faites un arrêt à l'office de tourisme de Tahiti. Il vous faut consulter un courriel de l'amie avec qui vous avez projeté de faire le tour de l'île le lendemain. Mais c'est celui de l'Alliance Française d'Auckland, où vous devez intervenir deux jours plus tard, qui attire votre attention. Le responsable vous souhaite bon voyage et bon courage pour les heures à venir. Vous avez l'intuition de vérifier la répartition des fuseaux horaires. L'hôtesse vous voit blêmir et prendre vos jambes à votre cou. Vous arrivez de justesse à l'aéroport. Le vol de trente heures sur le papier n'en dure en réalité que six[16] et vous ne parvenez pas à trouver le sommeil.

La Nouvelle-Zélande, avec ses vieillards et ses gazons à perte de vue, vous fait penser à une immense maison de retraite. Vous ne connaissez rien de la ville, qui est bien plus étendue que ce que vous imaginiez, et aucun conducteur de bus ne semble passer près de l'adresse que vous avez griffonnée dans l'urgence sur votre carnet : *Grey Linn*. C'est encore l'aube et vous décidez de vous y rendre à pied. Votre sac à dos pèse et vous arrivez essoufflé, juste à temps pour commencer le petit concert acoustique pour lequel vous avez été invité.

En fin de journée, après un second concert, vous rejoignez vos camarades expatriés dans un bar de Ponsonby. Lorsqu'on vous demande ce que vous avez prévu de faire, vous répondez que vous n'avez rien prévu et que vous ne savez pas même où passer la nuit. Plus tard, vous faites la rencontre des huit colocataires de la maison au tipi – car le concept de studio ne semble pas exister quand on vit dans une ville aussi vaste. Vous restez jusqu'au mardi avec vos nouveaux amis, à chanter, jouer au ping-pong, explorer la ville, manger des crêpes. Et vous voici dans une petite école de quartier, à prendre part au *powhiri*[17] de rentrée. Vous entamez de bon cœur un chant aux paroles mystérieuses et saluez d'un contact du front le directeur et les professeurs.

Les heures passent et les véhicules vous contournent, impitoyables. Vous avez tenté de trouver un endroit plus adéquat, de varier les signes, le sourire, avec le sac, sans le sac, en vain. Lorsque ce vieux monsieur vous prend en pitié et vous invite à monter, vous

16 On « perd un jour » en passant de la Polynésie à la Nouvelle-Zélande.

17 Cérémonie d'accueil issue de la tradition maorie, mêlant discours, chants, danse et salutations caractéristiques.

avez envie de l'embrasser. Il y a ensuite ce couple maori qui se rend à une sorte de *rave party*. Puis ce monsieur aussi nerveux que son véhicule. Vous ne comprenez pas un traître mot de ce qu'il vous dit mais supposez qu'il vous invite à planter la tente chez lui. Son GPS est équipé d'un détecteur de policiers : quand la sirène sonne, il réduit son allure de moitié. Sur son réfrigérateur, une dizaine d'avis d'excès de vitesse retenus par des aimants attestent de l'impossibilité de se fier aux machines.

Le lendemain, à Paihia, vous vous offrez le luxe d'une auberge remplie d'allemands détenteurs du visa vacances-travail. Il y a des excursions payantes, des bus réservés aux backpackers, des bars pour les backpackers. Vous vous dites que cela ressemble à des circuits de tours-opérateurs, avec des lits moins confortables. Au moment de repartir, une employée sort de la boulangerie devant laquelle vous tentez d'attirer l'attention des voitures pour vous offrir ses meilleurs sandwiches. Ragaillardi par ces protéines, vous poursuivez votre chemin jusqu'à ce que cette famille maorie s'arrête sur le bas-côté et vous propose de vous accueillir chez elle. De la banquette arrière se dégage une terrible odeur de vomi mais vous mourrez d'envie de les écouter chanter. Ils sont huit à vivre dans la bâtisse, au milieu des bovins et des porcs. Ils descendent leurs canettes de whisky-coca au rythme binaire de psalmodies[18] célébrant les descendants de Rahiri, les collines et les rivières environnantes. Leurs yeux exorbités rappellent l'origine guerrière de cette tradition fascinante. C'est dans la chambre cauchemardesque des jumeaux que vous vous êtes éveillé, en ce matin brumeux.

Vous ne vous êtes pas encore arrêté dans cette alimentation de bord de route, où les clients vous demanderont avec ferveur d'entamer des chansons océaniennes. Vous ne vous êtes pas encore

18 Aussi appelés *hakas*.

fait inviter par le vendeur de la station-service, qui a remarqué vos cernes. Vous n'avez pas marché sous la pluie des heures durant, à pester contre l'insensibilité des Kiwis. Et surtout, vous n'avez pas encore fait connaissance de la folle qui va vous ramener à Auckland. Elle s'arrêtera à côté de vous pour « faire pisser son gamin », vous assurant qu'elle ne vous prendra pas car « vous pourriez être un *serial killer* ». Puis elle vous dira : « monte ». Elle sera baraquée comme un rugbyman, rotera bruyamment et parlera davantage à ses deux chihuahuas qu'à son fils. Vous verrez ce dernier suffoquer dans les gros bras de sa mère tandis qu'elle hurlera « selfie ! », abandonnant sa voiture, portes grandes ouvertes, au milieu de la route. Vos tympans pleureront au son des Vengaboys et des compilations dance qu'elle glissera nerveusement dans le lecteur CD pour les retirer presque aussitôt, toc qui devrait durer tout le long du trajet. Vous l'entendrez frémir de plaisir et haleter en avalant son poisson frit dégoulinant d'huile pendant que vous ferez semblant de dormir. Plus tard, lorsqu'elle aura déposé son fils, elle vous traitera de jeune homme innocent et prendra de la drogue au volant, avant, en toute logique, de commencer à se maquiller.

Mais c'est lorsque le bus local vous déposera au milieu de nulle part et de la nuit plutôt qu'à l'aéroport qu'alors, seulement, vous pourrez vous dire que c'est le comble. Et que vous aimez ça.

Dans le ciel bleu-noir du crépuscule
- Bien avant le onzième coup, l'heure des prédateurs
À laquelle je n'aurais jamais eu l'audace de m'aventurer seul
Par-delà l'enceinte sécurisée de mon petit lit cerné de gousses d'ail,
J'observai, tapi à l'ombre d'un arbre fruitier
Mon père remonter l'impasse des Reines-Claudes
Jusqu'à l'arrêt de bus sans nom de la Grand' Rue.

Dans mon esprit brumeux, c'est encore un jeune homme,
Il porte une veste élégante en peau de daim
– celle que je porte à présent,
Et marche dans la pénombre d'un pas tranquille,
Nul ne pourrait deviner qu'il cherche son fils.

D'autres fois encore, c'est un vieillard ruiné aux cheveux cendrés
Dont l'insanité n'a d'égale que la démente prodigalité,
Dont les pas indécis s'entrechoquent alors qu'il vacille,
Un vieillard fébrile qui me demande d'un air triste,
Dans un élan de rhétorique,
Si je vois ce qu'il est devenu.

Je l'escorte jusqu'à l'arrêt de bus, et, tel un félin embusqué
Dans l'angle de la supérette,
L'observe avec curiosité alors qu'il manipule entre ses doigts
Le petit carré de feuille gribouillé au feutre vert,
Ma déclaration de guerre, impulsive et sincère :
Vous m'énervez,
Je m'en vais,

Je suis à l'arrêt de bus.

Mon père observe les lieux déserts
Puis rebrousse chemin comme s'il s'agissait d'une affaire entendue.
Mon fils n'est pas là, au diable mon fils.
Je le suis en trébuchant, ivre de colère,
Manquant de me découvrir par mes soupirs indignés.
Quel père ne serait pas fou d'inquiétude à l'idée d'avoir perdu son fils !

Le rattrapant, hoquetant, sur le seuil de la maison,
Et, prêt à déverser ma logorrhée de reproches,
Je me retrouve soudain muet de rage.
Les mots s'entrechoquent à mi-chemin dans ma gorge,
Et je vacille,
Privilégiant un langage de larmes et de coups
Que j'assène dans le vide.

Mais déjà les lumières dans la cuisine annoncent le dîner.
Ma place est libre ;
Comme si de rien n'était,
Mon père dépose le petit papier gribouillé dans ses archives personnelles
Et me sert une belle assiette de *ragù bolognese*,
Plat de la réconciliation,
Celui qu'il prépare toujours quand il a quelque chose à se reprocher.

Installé comme un roi près de l'âtre,
Et sentant déjà les cendres de ma fureur partir en fumée,
Je me fais la promesse silencieuse
Qu'un jour je deviendrai
Un véritable fugueur.

« L'Arrêt de bus »
9 mars 2018, Lycée Charles Poncet, Cluses.

Fugues

Kenya, Thaïlande

Le Kenya est le seul pays que j'ai visité avec un tour-opérateur. Labellisé « backpacker » du fait des nuits en tentes, il proposait des tarifs relativement accessibles pour un voyageur seul, dans un pays moins propice que d'autres à l'improvisation. Après quelques jours, il fut clair que j'avais surévalué mes capacités d'adaptation. Si j'appréciais de jouer aux cartes, le soir venu, avec mes camarades australiens et kiwis, la nécessité de suivre un programme à contresens de mes envies spontanées et de me fondre dans un troupeau d'humains me contrariait. Dès lors, je n'eus plus qu'une seule idée en tête : fuir.

Troisième jour ; le bus ralentit. Je profite de ce premier arrêt café à Nakuru pour m'échapper. Seul dans les rues animées de la ville, entre les marchandes de fruits, les joyeux gamins surpris de croiser un *mzungu*[19] et les travailleurs en costume (les Kenyans sont particulièrement élégants), je suis à la fois impressionné et revigoré, comme si je mettais pour la première fois le pied dans le pays. Le retour est un peu plus douloureux : mon guide, Ibrahim, chahuté dans son autorité et légalement responsable de moi comme d'un

19 Terme employé pour désigner les blancs en swahili.

enfant, n'a pas apprécié ma fugue. Ce n'était pourtant que la première.

Après avoir planté la tente à Naivasha, Ibrahim, accompagné de trois prestataires locaux, nous réunit pour nous faire comprendre que « journée libre » rime en fait avec « prestations non-incluses et coûteuses ». C'est l'occasion de mettre à l'épreuve mon talent d'acteur. Alors que tous mes camarades lèvent la main pour se faire détrousser, je pose la mienne sur mon estomac en prétendant souffrir le martyre. Aujourd'hui, il vaut mieux que je me repose. Une fois le troupeau parti, je finis par expliquer à Ibrahim, dont les yeux lancent des éclairs de rage, que je me sens mieux et que je souhaite aller « me promener ». Il ne dit rien mais me fait instantanément signer une déclaration qui indique que si je meurs, il n'en sera en aucun cas tenu pour responsable. Bien lui en a pris.

Après avoir loué un vélo sans freins, je passe la plus belle après-midi de ma vie dans la réserve Hell's Gate, à poursuivre les phacochères, zigzaguant entre les zèbres et les impalas. Je me dissimule dans les hautes herbes à l'affût d'imposantes girafes, qui, curieuses, finissent toujours par se rapprocher afin de vérifier si je suis encore là. La peau rapidement brûlée par le soleil, je me maudis d'avoir oublié ma protection, hésitant même à revenir sur mes pas. La solution apparaît au détour de l'un de ces grandioses édifices calcaires qui ont servi de modèles au rocher du *Roi Lion* : plus précautionneusement qu'un buffle, je recouvre mes bras, mon visage et mon cou d'une boue compacte et noire qui ne tarde pas à sécher, véritable rempart entre moi et les ultraviolets. Ce n'est que lorsque le soleil de l'après-midi commence à relâcher sa pression que je songe à rentrer.

Le parc est alors inexplicablement désert. D'étranges bruissements se font soudain entendre dans les buissons situés sur le côté de la route. Je ralentis prudemment en apercevant les cornes d'un buffle au-dessus du massif. Les buffles d'Afrique, contrairement à leurs placides cousins asiatiques, sont réputés pour leur agressivité, s'attaquant même à de vigoureux prédateurs comme les lions. Alors que je me prépare à remonter sur mon vélo pour les dépasser, je m'aperçois qu'il est trop tard. À cent cinquante mètres, une ligne noire, inévitable, commence à se dessiner en travers de mon chemin. Un par un, les mastodontes entreprennent de rejoindre la grande plaine, envisageant sans doute d'y passer la nuit. L'attente me paraît interminable. Pas la moindre jeep dans laquelle monter, aucun cycliste avec lequel patienter. Le troupeau, comme issu d'une corne d'abondance, semble infini. Les animaux traversent avec une régularité surprenante, par groupes de vingt, les uns à la suite des autres. Ils sont déjà plusieurs centaines dans la plaine et je réalise que le parc va bientôt fermer. Lorsqu'un passage plus conséquent se crée entre deux groupes, je cesse de réfléchir et, l'air de rien, chantonnant doucement, je m'élance, leur grillant la priorité. Il y a du remous, du côté des piétons comme de la plaine. Au bout d'une minute, pourtant, je suis hors de danger. En dépit de l'attestation, j'ai bien cru qu'Ibrahim allait s'évanouir en me voyant revenir couvert de boue, les vêtements crasseux, fier de raconter mon histoire à tous les autres.

Je devais lui porter le coup de grâce le dernier jour, lorsque deux Nairobiens imposants demandèrent poliment à me kidnapper. De guerre lasse, il me fit signe de partir et de ne jamais revenir. Avec Samson et Abraham, nous explorâmes Nairobi, ses clubs de jour[20], ses marchés, et surtout le quartier de River Road[21], que je rêvais de voir après avoir lu le roman éponyme. Nous fûmes accueillis par des

20 Les « boîtes de nuit » de Nairobi ont la particularité d'être ouvertes l'après-midi.

21 *Descente à River Road* de Meja Mwangi raconte le quotidien éprouvant d'un ouvrier dans ce quartier populaire de Nairobi.

coups de feu – « une fusillade », précisa Samson, enthousiaste. La petite voiture fut bientôt assaillie de Kenyans frappant contre les vitres, pour une raison qui m'échappe encore. J'avançai poliment l'idée d'un départ anticipé, ce qui sembla surprendre mes deux amis. Ralentis par la fange (le quartier est, à juste titre, réputé pour être le plus sale de Nairobi), nous fîmes demi-tour et finîmes par rejoindre une discothèque excentrée. À l'extérieur, des chefs couverts d'une toque blanche faisaient griller de la viande et du foie de chèvre, tandis qu'une impressionnante foule s'agglutinait, attirée par l'odeur engageante du *nyama choma*[22].

Nous nous laissâmes porter par le rythme fédérateur des djembés et des koras jusqu'à minuit, à grignoter les petits morceaux de chèvre servis avec des cure-dents et de la bière locale, rejoignant parfois de jeunes citadines au maquillage outrancier sur la piste. Lorsque mon avion passa au-dessus du hangar, trois heures plus tard, je repérai de mon hublot les cuisiniers encore affairés : la fête battait son plein. Ibrahim se trouvait peut-être parmi eux, célébrant mon départ.

*

Pour me punir de ces facéties, le Bon Dieu m'expédia quelques années plus tard une amie d'enfance que je désignerai sous le nom de « Madame Coco ». Après plusieurs années de séparation dues à son expatriation à Montréal et à mes propres tribulations, nous nous retrouvâmes dans le quartier animé de Patong à Phuket pour, précisément, célébrer nos retrouvailles par deux semaines de fête. Ce serait un euphémisme de dire que j'avais trouvé une fugueuse à ma taille.

22 Grillade de chèvre traditionnelle.

Le soir de notre arrivée, je contactai Jack, un jeune anglais tout juste majeur dont l'absurde histoire avait fait le tour de l'île et lui proposai de se joindre à nous. Alors qu'il venait d'entamer son premier voyage en Asie du Sud-Est, Jack se trouvait dans une situation délicate : arrêté en possession d'herbe, il s'était révélé dans l'incapacité de régler le backchich de mise, s'attirant les foudres de la police thaï, qui l'avait placé en garde à vue pendant 48 heures. Des conditions de détention éprouvantes pour cet adolescent issu d'un milieu familial modeste, mais ce n'était rien en comparaison de ce qui l'attendait. N'ayant pas réussi à comprendre les indications qui lui avaient été données, Jack s'était présenté au tribunal à la mauvaise heure ; pour les autorités, il s'agissait d'une non-comparution faisant état d'un délit de fuite et qui devait donner lieu à un procès... le mois suivant. Une troisième infraction venait dès lors s'ajouter aux précédentes puisque son visa ayant expiré, il se trouvait illégalement sur le territoire thaïlandais et dans l'incapacité de le prolonger puisque son passeport était aux mains… des autorités. Jack avait donc trouvé refuge dans un bar de plage et passait ses journées à tenter de rassurer sa mère sur Skype en sirotant des bières, libre de rejoindre la chambre du personnel la nuit venue.

Après quelques verres, il nous demanda l'origine du surnom « Madame Coco ». Madame Coco revint donc sur sa singulière histoire. Après s'être exclusivement nourrie de noix de coco – sous quelque forme que ce soit : noix râpée, lait, eau, cocktail, pendant quelques jours, elle s'était installée sur le « bol » des toilettes, curieuse de goûter à ses excréments. Sous les yeux horrifiés de Jack, elle raconta comment elle avait plongé sa tête dans la cuvette jusqu'à frôler l'eau souillée, se faisant violence pour laper le précieux ragoût avant de renoncer. « Je ne suis pas folle, répétait-elle fièrement, je ne l'ai quand même pas fait ».

La première fugue de mon amie d'enfance prit place au cours de la nuit de notre arrivée, alors que nous dansions férocement au milieu des touristes et des *ladyboys.* Perplexe et inquiet, je rentrai à l'appartement avec Jack aux alentours de trois heures du matin. Deux heures plus tard, au lever du jour, Madame Coco donnait de ses nouvelles dans un message éloquent : « Sa va ? ». Je finis par comprendre qu'elle était chez des locaux et que, visiblement, ils étaient en train de regarder « de la TV ». « Tu as l'air inquiet ? », ajouta-t-elle.

Le lendemain, Madame Coco devait suivre un dealer de cocaïne jusqu'à son appartement, ne repointant le bout de son nez qu'à l'aurore. « Il est trop *cute*, il m'a même ramené en scooter ce matin ! » s'exclama-t-elle en guise d'excuse.

Le surlendemain, elle frappait violemment à la porte sur les coups de quatre heure : « Les gays et les lesbiennes, mais c'est la guerre ! » hurlait-elle, ivre de colère. Sautant sur son lit, pleurant presque, elle tenta de m'expliquer que le serveur d'un bar gay de Montréal avait un jour refusé de lui servir une consommation parce que c'était une fille.

Une nuit encore, à Koh Phi Phi, je retrouvai une Israélienne qu'elle avait séduite puis abandonnée en pleurs sur la plage. Je fus réveillé le lendemain par une puanteur inhumaine – mélange de sueur, de crasse et de sperme séché : Madame Coco était rentrée et cherchait frénétiquement sa brosse à dent. Elle avait croisé le chemin d'un Dubaïote « un peu gras » et fut contrariée d'avoir été si facilement détournée de son premier choix.

Inquiet pour le karma de mon amie, je l'emmenai le dernier soir dans un institut de massage tenu par des personnes non-voyantes. À peine avions-nous franchi le seuil de la porte vitrée qu'elle me tirait le bras, paniquée. « Je ne me sens pas bien, dit-elle, je te promets, j'ai le cœur qui bat vite ». Il est vrai que l'endroit donnait la chair de poule. Sur le sol carrelé, huit matelas surélevés, qui semblaient avoir été récupérés dans des hospices, se faisaient face. Deux vieillards allongés sur le côté s'étaient mis en mouvement en nous entendant et, d'un pas lent et incertain, gravitaient dans la pièce, prêts à recouvrir les fins matelas d'un drap bleu clair. Mais c'est quand la Reine-masseuse fit son entrée, escortée par une garde de quatre non-voyants, que je sentis Madame Coco perdre son sang-froid. Les yeux de la Reine étaient uniformément blancs et son visage, ravagé, donnait l'impression d'avoir été goûté par un fauve. Sous les deux orifices qui faisaient office de nez, une bouche galeuse, de laquelle s'échappaient quelques incisives anarchistes et une haleine fétide. Madame Coco était livide de terreur et je dus faire appel à toute ma rhétorique d'enseignant pour la convaincre de fermer les yeux et de s'allonger. N'étaient-ils pas des êtres humains, après tout ? Tendu et inquiet, je m'abandonnais en premier aux mains de la Reine. J'avais demandé un massage des pieds et poussai un premier cri lorsque, incroyablement puissante, elle m'enfonça ses doigts dans la nuque. Je hurlai : « Softer[23] ! Softer ! ». Sous le regard vitreux de la monstrueuse Cour qui formait à présent un cercle autour de nous, elle enfonçait ses doigts de plus belle et répétait, hilare : « Softaa ? Litta littal ! Ha ha ! Softa ! ». Sur le point de perdre connaissance, j'ouvris un œil implorant : le matelas à côté du mien était vide. Le temps d'une seconde, il me sembla entrevoir (une hallucination due à la douleur ?) la fine silhouette de Madame Coco qui, se dérobant à l'ouïe de mes bourreaux, rampait en toute discrétion vers la porte vitrée.

23 Moins fort !

Blackout

Islande

« Cette lettre doit te surprendre, moi qui n'ai jamais été très loquace. J'aurais pu t'appeler, comme d'habitude, mais j'avais envie que tu aies un peu de mon écriture manuscrite avec toi. Le stylo tremble et j'espère que tu parviendras à distinguer mes lettres.

Il y a trois jours, nous sommes rentrés dans le grand hiver. Je pars travailler la nuit et rentre au crépuscule. Je passe devant les bâtisses de bois coloré, j'entends la tôle craquer sous le poids de la neige. Ma cécité fait que je ne souffre pas du manque de lumière. Mais je devine que la nuit polaire est grandiose. Si j'avais vécu avant Copernic, j'aurais dénombré davantage d'étoiles ici que par chez nous. J'imagine un ciel tapissé de traînées blanches aux formes géométriques anarchiques, comme des taches de lait. Si l'on s'éloigne du centre de Reykjavik, les locaux disent que l'on peut voir des aurores boréales. Il y a une grande aire de stationnement au fin-fond de la ville. Je voudrais m'y rendre pour tenter de les imaginer mais le ciel est, depuis quelques nuits, couvert, alors je me contente du bruit de l'océan.

Je pense souvent à ton île, à tes gâteaux au citron. Ici tout est très calme. Il y a peu d'habitants, peu d'activités. Tu t'ennuierais autant que sur ton rocher. Les Islandais aiment faire la fête, mais pas comme chez toi. Ici, la fête est violente, délirante, brutale. Ce n'est pas que les locaux soient désagréables mais, à vrai dire, je les trouve un peu dérangés. Je me demande parfois s'il s'agit d'excentricité ou de folie. Hier soir, en sortant déposer mon sac d'ordure, j'ai par exemple découvert, à tâtons, un Islandais dans la benne. Ils se nourrissent de poisson pourri et de testicules de mouton bouillis. Ma famille d'accueil m'a d'ailleurs prévenu que nous mangerions de l'aileron de requin fermenté pour Noël. J'aurais préféré passer les fêtes avec toi, tu le sais.

Je me suis fait des amies, ici, d'autres masseuses. Un jour, tu les connaîtras ; elles m'ont promis de me rendre visite en Thaïlande. Il y a une semaine, nous sommes remontés jusqu'à Gullfoss. La puissance des chutes, l'hostilité grandiose de l'endroit m'a rappelé à quel point nous sommes finalement peu de choses, toi, moi, eux. On nous laissera tranquilles, passée la tempête, j'en suis certaine. Le chirurgien se veut rassurant.

La neige est à présent partout. Elle console le monde et le rend silencieux. Ce froid que tu crains tant, je m'en suis accommodée. Il est vivifiant, dynamisant, bon pour ma peau. Sais-tu que certaines personnes en Europe s'enferment à présent dans des congélateurs glacés pour favoriser la circulation du sang ?

Tout ceci est très désordonné et je m'en excuse. J'aime t'écrire pour ne rien te dire, pour le simple plaisir de t'imaginer en train de lire ces lignes. Les paroles s'effacent, fébriles, tandis que les mots couchés sur le papier demeurent. Peut-être qu'un jour, cette lettre sera retrouvée par nos enfants, nos petits-enfants. Je sais à quoi tu penses. Un jour, nous vivrons ensemble et nous serons respectés. En attendant, il faut vivre, écrire et témoigner. Sans signature. »

Euphorie

Espagne

Sur la Rambla, la foule s'est rassemblée autour de mémoriaux improvisés. Les bougies et les fleurs se mêlent aux nombreux mots griffonnés sur des bouts de papiers multicolores, déposés au sol ou accrochés aux arbres nus. Plus tôt dans la journée, les musulmans de Barcelone défilaient en clamant leur indignation sous les applaudissements de la foule. De l'autre côté, le supermarché. Liam, mon camarade belge, fait le plein de bières. Une file humaine interminable se déploie jusqu'aux tréfonds du magasin. Je m'y insère pour prendre de l'avance. Lorsque c'est à notre tour de payer, il ne m'a toujours pas rejoint.

*

Le rendez-vous est donné sur la place de Catalogne. À la vue de la foule qui déambule autour des fontaines, je réalise que l'endroit n'est pas très bien choisi. Nous laissera-t-on boire sur la voie publique ? Comment retrouver nos camarades ? Nous décrivons notre point de repère sur Whatsapp : « une grande statue avec une vache et des femmes nues ». Un américain spécialisé en sciences du sommeil nous rejoint. Les autres se font attendre, annulent ou veulent nous rejoindre autre part. Je peste et reprend une gorgée de pastis.

*

Nous nous retrouvons pour une raison mystérieuse (il est fort probable que nous nous soyons perdus par ma faute) dans une rue du Gayxample. Un être surnaturel, qui ressemble à un lutin, nous croise. Je l'interpelle et il m'indique être en route pour le port, « là où se trouvent les musiciens de rue » avec lesquels il rappe. Je lui demande s'il fait des battles comme Eminem dans 8 Miles *et il acquiesce. « Vous, vous allez dans les endroits payants, ajoute-t-il. Il faut sentir les vibrations de la ville ». Son français est parfait – je le lui fais remarquer. Il a étudié au Lycée Français de Barcelone. Je lui dis que j'aime la ville et que je vais m'y installer. Peut-il m'indiquer comment décrocher un poste au Lycée Français ? Je lui demande si c'est un homme ou une fille. Elle rit.*

*

Notre petit groupe a mué. Une quarantenaire espagnole charismatique nous a rejoint. Elle est restée cloîtrée chez elle toute la journée de la veille car le terroriste a été traqué dans son village, à quelques kilomètres de là. « Il y a des bus de nuit toutes les heures » ajoute-t-elle. Un Marocain fraîchement débarqué de Marrakech nous raconte qu'une mère de famille a éloigné son enfant de lui plus tôt dans la journée. Un peu plus tard, ou simultanément, un Parisien éclate de rire à chaque fois que je lui parle. Il est vrai que mon français est, étrangement, un peu hésitant. Vexé, je dis au Parisien d'aller parler avec le Marocain. L'Espagnole voudrait faire connaissance avec une séduisante Thaïlandaise au nez recouvert de bandages, mais cette dernière est occupée à parler de cinéma français avec un jeune Népalais. Nous embarquons l'ensemble du lot pour la destination suivante. Liam est parti avec le dernier métro.

*

Les lumières, les basses, les éphémères amis en mouvement tout autour. Des heures s'écoulent. Puis il est là. Comment ai-je noué la conversation ? À quel moment s'est-il rapproché ? Je n'en ai plus le souvenir. Je cesse de danser pour poser ma main sur sa hanche. Nos yeux se ferment et s'engage une symbiose douce et prenante, un îlot de sécurité dans le vacarme ambiant. Il commande une boisson qu'il me demande de porter jusqu'à l'extérieur. Sa maladie ne lui permet pas de soulever des objets. Pourtant, c'est un pianiste. Au fil des mots, je me rends compte que je suis séduit. Par ses mouvements peu assurés, son air légèrement lunaire. Il panique. Nous retournons danser. Je quitte le club, heureux et perplexe.

*

Barcelone est magique. Insomniaque, chaleureuse et éminemment avant-gardiste. Je compte le nombre de rues qui me séparent encore du quartier de Glories. Douze. Le quadrillage est régulier, le chemin interminable. Mais la brise est agréable et mon esprit tout occupé à ressasser les dernières péripéties de la soirée. Je me sens jeune, imbécile et amoureux. Je veux tout quitter et venir habiter ces rues. Les arpenter en vélo, travailler de 17h à 23h pour l'application de livraison à domicile Deliveroo. Mais c'est surtout Isaac qui hante mes pensées. Me revient l'odeur de sa peau, sa façon pudique d'embrasser, d'écouter avec attention l'ivrogne que je suis dévoiler ses sentiments. Quelques corbeaux s'agitent dans les platanes et déjà la nuit blanchit ; l'œil fixé sur l'horizon, un tambour au cœur, je cours.

Bleu

Makatea, Galapagos

Un chanteur a été détecté. Sa mélodie est belle, fluide : c'est un mâle expérimenté, probablement âgé. Sa voix résonne depuis les mini-enceintes raccordées à l'hydrophone dans tout le voilier. Le volume s'intensifie : il se rapproche mais n'est toujours pas en vue.

L'œil fixé sur l'horizon, il me faut quelques secondes avant de remarquer que quatre iguanes, remarquablement camouflés dans les roches basaltiques, fuient à mon approche dans un mouvement désordonné. L'eau semble trouble et est plus agitée que prévu. Sur le petit plan aux contours dévorés par l'humidité, les blocs rocheux des Tinteroras ne semblent qu'à une cinquantaine de mètres aisés à parcourir à la nage. À vue d'œil, la distance s'avère démultipliée et l'entreprise me semble périlleuse. J'enroule mon tee-shirt et ma serviette autour de l'une des branches sèches de la mangrove. L'eau est fraîche et il y a du courant. Je m'autorise à rebrousser chemin en cas de danger.

Le « bleu » est redouté par les polynésiens. Les pêcheurs s'autorisent parfois un rapide plongeon, pour l'orgueil, mais sont toujours pressés de remonter sur leur barque. Ils nagent et pêchent au harpon près du récif, là où les requins, majoritairement gris ou à pointe noire, sont inoffensifs. Le large demeure le territoire de créatures moins familières, celui des requins inquisiteurs qui n'hésitent pas à venir au contact du plongeur quitte, parfois, à le confondre avec l'une de leurs proies naturelles. Je suis conscient de ces dangers lorsque je m'y enfonce. Mais j'aime vraiment ce bleu. J'aime voir les rayons du soleil se refléter sur mes bras dans cet espace à la fois translucide et opaque où rien n'existe plus, ni face à moi, ni sous moi, ni derrière moi. Une étoffe dans laquelle je me roule et je chahute dans un silence aussi inquiétant que rafraîchissant. Car la peur souligne les émotions. Dans le bleu, mes sens sont aux aguets, mes yeux scrutent l'apparition d'une ombre qui pourrait constituer un éventuel danger et, présentement, mes tympans sont à l'affût du chant du mâle que je recherche. Je jette un œil au bateau, à deux-cents mètres environ, hésite, puis replonge.

Les courants sont forts et l'eau opaque. Je suis tendu. Au loin, les îlots que je cherche à atteindre et qui, dit-on, regorgent de requins inoffensifs, de tortues et de pingouins, me semblent inaccessibles. Contrarié, je songe à abandonner ; je me suis largement éloigné de la côte, sans doute un peu trop. Personne autour de moi, ni sur les rochers, ni sur les îles ; j'échappe au champ de vision des bateaux stationnés, bien trop distants. Je redouble d'efforts pour rebrousser chemin mais mes brasses me semblent soudain bien laborieuses. Le visage immergé dans l'eau trouble, je suis comme aveugle, vaguement conscient du danger. Le sentiment d'inquiétude est là, agréable. J'avance tant bien que mal lorsque ma respiration se coupe. Le temps d'une seconde, qui dure une éternité, je suis tétanisé.

Tétanisé par le grondement impromptu et sourd qui fait vibrer l'ensemble de mon corps. Je tremble, non pas de peur ou de froid, mais sous l'effet des vibrations qui parcourent soudain l'immensité du bleu. Et je le vois, à quelques dizaines de mètres seulement de moi, en profondeur, *mon chanteur*. La visibilité est parfaite et je réalise que l'opacité du bleu n'est en fait qu'une illusion. Mon grandiose ami scintille littéralement sous les rayons du soleil. L'émotion qui me saisit est indescriptible : impressionné par l'immensité de l'animal, fasciné par sa beauté et la douceur de ses mouvements, terrifié par la situation. L'image fugace se fixe dans ma mémoire comme un instantané. Quant au géant sauvage, il n'est déjà plus qu'une ombre qui s'éloigne tranquillement.

Une grande ombre, surgie de nulle part, qui déflagre l'opacité de l'eau. Elle est face à moi, à un mètre tout au plus et c'est de toute évidence vers moi qu'elle se dirige, à une vitesse impressionnante. Réduits à l'état de proie, dans ces moments où les lois ne sont plus sociales mais celles d'un ordre naturel qui nous dépasse, nous ne pensons à rien. Rien ne se passe dans notre esprit, ni réflexe de fuite, ni panique, ni chagrin. Une simple conscience de la possibilité de la mort et une montée d'adrénaline. L'acceptation sereine d'un destin auquel on ne pourra rien changer. Et de la curiosité pour ce qui va suivre, de la fascination pour la créature qui ne s'est pas encore révélée. Voilà ce qui s'est passé durant cette seconde d'incertitude. L'animal fond sur moi et me frôle. Il s'agit d'un magnifique lion de mer. Ses yeux sont curieux ; d'un mouvement vif, il apparaît et disparaît dans l'opacité de l'océan. Mon cœur bat la chamade. Je ne sais pas si je dois craindre cet animal, notoirement territorial et parfois agressif, ou l'adorer, avec ses yeux complices et son corps gracieux que l'on a envie de serrer dans ses bras. Seuls dans l'océan, lui, et moi. Les dés sont jetés. Je reprends prudemment ma brasse sans le quitter des yeux, aussi fasciné qu'anxieux. Lui s'amuse, s'approche, fait des roulades, disparaît, me suit de loin, revient m'observer. Il me faut vingt minutes pour regagner la côte. Mon acolyte m'a gentiment raccompagné et continue de s'ébrouer à la surface alors que je retire mon feu-smartphone de la poche de mon maillot de bain. Je m'assieds près des iguanes et réalise ce qui vient de se produire. Ce qui s'est noué entre lui et moi dans l'opacité hostile de l'océan. Je donne mille smartphones – et accepte volontiers de risquer ma vie, pour un moment comme celui-ci.

Tectonique des plaques

Tahiti

L'espace réservé à l'orchestre et aux danseuses était vide, mais la psalmodie du chamane continuait de résonner au loin. Les premiers passagers s'étaient engouffrés dans les taxis nyctalopes et j'avais quitté l'agitation rassurante de l'aéroport pour rejoindre le désert qui s'ouvrait à moi. Aucun lampadaire ne venait éclairer la large route qui longeait la côte de l'île. Aucune voiture ne circulait. Une béance, un trou noir. C'était là, au cœur de l'opacité de la nuit, que devait prendre place la collision.

Guidé par la lumière agonisante de mon cadavre de smartphone, je parvins à me frayer un chemin entre les arbustes du parking et à rejoindre la voie principale. Aucune trace de passants insomniaques à qui demander mon chemin. J'optai pour la droite, en direction de Papeete. Après dix minutes de marche, j'aperçus une lumière au loin. Une roulotte servait ses dernières frites. L'atmosphère semblait festive ; on entendait résonner des éclats de rire et la voix aiguë d'un homme. En la rejoignant, j'aperçus sur le côté de la route, en contrebas d'une aire de stationnement, deux adolescents adossés à leur scooter. La famille qui tenait la roulotte parut surprise de me voir surgir des ténèbres, avec mon sac à dos sanglé et mon ukulélé. Après les avoir salué, je leur demandai s'ils savaient où se trouvait la

pension Fifi. La mère hésita, perplexe, puis désigna avec une assurance aussi soudaine qu'inattendue la direction de Papeete :
- Oui, c'est par là !
Un jeune homme aux yeux noircis de mascara intervint alors en montrant la direction opposée :
- Mais non, c'est par là, Fifi ! À côté de l'aéroport.
- Ah d'accord, c'est par là, corrigea la mère timidement.
Alors que je faisais demi-tour, le jeune homme m'interpella :
- Copain ! Tu ne veux pas qu'on t'emmène ?
Je déclinai en le remerciant : la pension était toute proche, et il en fallait plus qu'une nuit sans étoile pour m'impressionner.

Alors que je rebroussais chemin, je remarquai que l'un des adolescents du parking avait enfourché son vélo et s'était posté en travers d'un passage piéton, me barrant le chemin. Il avait le sommet du crâne teint en blond, le visage émacié et un nez aquilin en dépit de son jeune âge. D'une voix aussi assurée que possible, je lui adressai un salut auquel il répondit, dans un français peu articulé que j'eus du mal à comprendre :
- Donne-moi cinq cents.
Je refusai d'un mouvement de tête et poursuivis ma route. Il entreprit alors de me suivre en vélo. Légèrement irrité, je me retournai et le regardai dans les yeux :
- Je t'ai dit non. N'insiste pas.
Je réalisai alors que son regard était brumeux, embué par l'alcool ou l'herbe. Il me dit :
- C'est pas insister. Donne-moi cinq cents. Je vis dans la rue.
Il continua à me suivre quelques minutes dans la pénombre puis je le vis faire demi-tour. Soudain, à l'instant même où je quittais la zone éclairée en me félicitant de ma fermeté, surgirent dans un éclat d'une violence inouïe les phares d'un scooter, escorté par le vélo. La secousse s'annonçait, inéluctable :

- Va avec mon ami, il t'emmène en scooter jusqu'à ton hôtel, m'interpella l'adolescent.
- Non.
Tous deux me suivirent dans les ténèbres. Soudain, je sentis le sol se dérober sous mes pieds. C'était arrivé. Impossible de reculer. Tiré en arrière par la bretelle de mon sac à dos, je heurtai le trottoir alors que l'Homme du scooter, bien plus massif que son camarade, se précipitait vers moi pour me rouer de coups de pied. L'autre en profita pour m'arracher ma tente et mon sac de couchage. Il remonta sur son vélo et s'enfuit à la suite de son complice, alors que je me relevai et contemplai, les jambes tremblantes, la lueur des phares qui s'estompait dans la nuit.

L'agression n'avait duré que quelques secondes. Je n'avais pas vraiment été blessé, quelques bleus tout au plus, mais le choc psychologique était rude. Moi qui avait survécu aux anacondas d'Amazonie, aux insistants fakirs d'Inde du Nord et aux consanguins néo-zélandais, je m'étais fait détrousser comme un enfant par deux adolescents hauts comme trois pommes. Alors que le monde venait de s'écrouler sur mes idéaux héroïques, je n'avais pourtant d'autre choix que de reprendre ma route, comme si rien ne s'était passé, à la recherche de la fameuse pension que j'eus bien du mal à repérer en l'absence de signalement et de lampadaires. Un homme ensommeillé vint, à la suite de ses chiens bruyants, me chercher à l'entrée et je tardai à trouver le sommeil, seul dans ce dortoir de trente lits ouvert sur la rue.

*

Lorsque je m'éveillai le lendemain, tiré du sommeil par le chant inattendu de mille coqs citadins, la colère avait remplacé la stupeur. Colère envers moi-même, de ne pas avoir su me défendre contre des adolescents qui avaient la moitié de mon âge. Colère envers la municipalité de Faaa, qui aurait pu installer des lampadaires, envers les Tahitiens qui allaient se coucher avec les poules. Lorsque mon hôte vint me rejoindre, je lui racontai, la rage au ventre, ce qui s'était passé la veille et lui demandai où il était possible de trouver des tentes (et des smartphones) à Tahiti. Il avait hoché la tête tout au long de mon récit, sans faire de commentaires. Il finit par dire d'une voix neutre :

- Pour ce qui est des tentes, il est très difficile d'en trouver à Tahiti. Peut-être au grand Carrefour de Faaa. Mais le bus ne passe pas souvent.

Arrivé à côté du panneau gris qui faisait face à l'aéroport, l'attente dans la canicule me parut peu engageante et mon statut de victime insupportable. C'était plus fort que moi : il me fallait revenir sur les lieux de l'agression, régler mes comptes d'une manière ou d'une autre, venger mon honneur bafoué, agir, vite. Du fond de mon ventre rugissait un sentiment d'orgueil inédit, dément, qui irriguait mes veines d'une énergie incontrôlable. Ivre d'une détermination qui me surprenait moi-même, j'entrepris donc de rejoindre le parking près duquel je m'étais fait détrousser. La route était méconnaissable de jour. Bien que relativement calme, elle était parcourue de commerces de proximité qui lui donnaient un certain charme et il y avait cette jolie petite église que je n'avais pas vue la veille. Je reconnus l'endroit où j'avais aperçu les deux adolescents en train d'écouter leur musique. Tel un détective, j'explorai les environs en quête d'un indice qui pourrait me mettre sur la piste des mécréants, mais ne trouvai rien d'autre que des mégots et des bouteilles en plastique. J'en saisis une : un reste de liquide violet se trouvait encore à l'intérieur. Je reposai ma pièce à conviction, conscient que, plus loin, les clients de la banque me jetaient de petits regards inquisiteurs. Bien décidé à obtenir mes informations, j'entrai dans la banque et demandai à la secrétaire si elle avait déjà vu, à l'entrée,

deux adolescents en train de fumer, ou de boire, avec un scooter qui, me semblait-il, était rouge. C'était une jeune polynésienne, affable :
- Il y a parfois des jeunes devant, mais je ne saurai pas dire combien ni si ce sont les mêmes qui reviennent. Hier je n'ai vu personne.

Loin de baisser les bras, je décidai d'aller interroger les propriétaires de la roulotte, un peu plus loin. En arrivant, je me rendis compte qu'elle avait disparue et que l'endroit était rempli de véhicules en stationnement. Le vendeur du tabac-presse, me voyant tourner en rond, m'interpella de l'intérieur et m'indiqua une petite ruelle qui partait du parking :
- Ils habitent juste là, m'indiqua-t-il en grognant. Mais ils ne travaillent que la nuit.

Guidé par les éclats de voix du jeune homme de la veille, je n'eus aucun mal à identifier la propriété. La roulotte était garée dans le jardin et la maisonnée semblait particulièrement animée. D'un raclement de gorge, je signifiai mon entrée. Le jeune homme apparut, aussi surpris que la veille de me voir arriver. Il portait une robe violette cintrée et une fleur de tiaré était nouée à ses cheveux, du côté droit. D'un geste impérieux, il m'invita à prendre place à l'intérieur, sur un petit canapé, au milieu des enfants et des jouets. La maison était dans un grand désordre et semblait abriter une dizaine de membres de la famille. Mon hôte, qui s'était finalement présenté comme tel et sous le nom de « Darling », était le plus jeune d'une fratrie exclusivement masculine et son androgynie semblait parfaitement acceptée. La mère était absente mais deux tantes vinrent s'installer à nos côtés pour prendre part à la discussion. Je leur expliquai ce qui s'était passé et leur demandai s'ils connaissaient mes deux vauriens.

- Ce sont des pauvres, me dit Darling. Tu te souviens, ils sont venus demander à manger à la roulotte une fois ou deux, lança-t-il à la tante. C'est triste.
- Tu aurais dû te faire raccompagner, ajouta la tante. Ce sont des délinquants, il y en a de plus en plus à Faaa.
- Je n'ai pas besoin d'être escorté, répondis-je sèchement. Reviennent-ils tous les soirs ici ?
- Le maigre aux cheveux teints, on le voit quelquefois. Je l'ai aussi vu une fois à Papeete, près du stade. Ils viennent, ils partent, je ne sais pas trop ce qu'ils font. Mais pourquoi les cherches-tu, au juste ? Tu veux récupérer ta tente ?
- Bien sûr, dis-je avec solennité. Ils ne s'en sortiront pas ainsi.

C'est par un hasard provoqué que je devais, au cours de l'après-midi, retrouver trace des biens dérobés. Alors que je marchais dans le centre de Papeete, m'arrêtant occasionnellement dans les magasins susceptibles de vendre du matériel de camping, je décidai de faire un détour par le stade. J'aperçus immédiatement au loin le double toit gris et rouge. Elle était plantée sur un terrain vague, presque invisible, derrière le grand terrain de football. Je rejoignis le repère de l'ennemi en quelques foulées. C'était bien ma tente. Pas l'ombre d'un jeune aux cheveux blonds dans les parages. Exalté, j'ouvris la fermeture éclair. À l'intérieur, mon sac de couchage qui n'avait pas été défait, deux tee-shirts, une mini-enceinte portable et un petit ballon en mousse. Je restai médusé, un sourire aux lèvres, savourant ma victoire. « Bien joué, Peter, bien joué » semblait murmurer la tente, s'adressant à mon avatar héroïque (j'avais pour ma part quitté Tahiti le lendemain de l'agression, bien incapable de résister à l'appel des baleines à bosse de Makatea). J'avais été attaqué par surprise, à la déloyale mais je ne m'étais pas laissé abattre ; j'avais su allier détermination et perspicacité pour reprendre le dessus. Ma réplique était encore plus belle que la secousse originelle. J'entrepris de récupérer mon dû en sifflotant. Je sortis les affaires du squatteur et les éparpillai au sol en prenant soin de froisser les tee-shirts. Après avoir replié la toile, je m'emparai du sac et quittai les lieux du crime. Mon hôte me jeta un regard étrange lorsque je débarquai, le soir-même, avec mon butin retrouvé. J'étais fier.

*

Le lendemain matin survint un violent contrecoup. Des images de super-héros monstrueux et sanguinaires se heurtaient dans mon esprit, me laissant perplexe. Mon désir de vengeance m'avait poussé à affronter mes craintes, à me surpasser dans un aveuglement animal. J'étais fier de moi, et j'avais, comme je le souhaitais, retrouvé confiance et dignité. Mais avais-je pour autant œuvré pour le bon camp ? Qu'avais-je donc fait ? Un gamin sans-abri me volait une tente négociée à un prix modique pour y dormir et, moi, champion désigné du camp des propriétaires, je n'avais rien d'autre à faire que passer la ville au peigne fin pour récupérer la misérable toile. Elle traînait au pied du lit, encore souillée par la terre humide du terrain vague. Soudain, je fus pris d'un relent de dégoût, envers la boule de tissu que j'avais paradoxalement l'impression d'avoir volée, envers cette réaction qui allait à l'encontre de toutes mes valeurs. Quel type de justicier étais-je devenu ? Un Robin des Bois qui prenait aux pauvres pour rendre aux riches. Un Homme qui doutait. Mais qui, lucide, refuserait de se laisser tenter. Il était encore temps d'agir. Un sourire aux lèvres, je me connectais au site des liaisons inter-îles et, devant l'impossibilité de l'annuler, reportai mon vol du soir pour Rangiroa à une date fantaisiste. Il me restait encore beaucoup à accomplir, ici-même à Tahiti.

*

La chaleur était déjà étouffante lorsque je rejoignis le terrain. Je le vis de loin, allongé à l'ombre des *faras*[24], à quelques mètres seulement de l'endroit où j'avais récupéré la tente. Ses quelques affaires avaient été regroupées près de lui : il y avait le vélo, le ballon, les vêtements en boule mais aussi un sac en plastique qui semblait rempli de babioles. J'eus du mal à reconnaître mon caïd du premier soir. En plein jour, le visage enfoui sous un tee-shirt qui le protégeait de la lumière, ce n'était plus qu'un enfant endormi, inoffensif.

Lorsque je fus près de lui, il se réveilla en sursaut et eut un mouvement de panique. En l'espace d'une seconde, il avait jeté le tee-shirt au sol et s'était relevé, alerte. Je crus qu'il allait s'enfuir mais il reprit rapidement ses esprits pour me faire face, méfiant.
- Calme-toi, lui dis-je avec bienveillance.
- Qu'est-ce que tu veux ?
- Je te la laisse, répondis-je en déposant la tente.
- Pourquoi ?
Je sortis le sac de couchage et le petit matelas pneumatique qui m'accompagnait en voyage.
- Comme ça. S'il pleut.
Il hésita quant à la posture à adopter. Puis il murmura ce que j'apparentai, avec un peu d'imagination, à un « merci » réticent.
- Laisse-moi l'installer, lui dis-je. Tu l'avais mal mise hier.
Sous sa surveillance, je dépliai la toile, laissant les piquets de côté. Commençant à emboîter les arceaux, je l'interpellai :
- Tu peux m'aider, si tu veux. Comme ça tu apprendras comment faire.
Après avoir observé comment je m'y prenais, il saisit le deuxième exemplaire et l'assembla. Au moment où je commençais à planter les piquets, il me dit « non, pas là » et me montra un endroit plus

24 Grand arbuste au tronc épineux.

ombragé, mieux dissimulé. Je lui demandai où était son copain et il me désigna d'un geste vague la direction de la ville : « chez lui ». La tente fut bientôt solidement arrimée au sol et je lui montrai comment fonctionnait le matelas autogonflant. Cela n'eut pas l'air de l'intéresser :

- Garde-le, dit-il. Je dors par terre. C'est bien.

Il ajouta :

- Donne-moi cinq cents.

Ces quelques mots firent l'effet d'une détonation en moi, me rappelant notre rencontre du premier soir. Je répondis sèchement :

- Qu'est-ce que tu vas faire, avec cinq cents.

- Pour manger, expliqua-t-il simplement. Et pour le *paka*[25]. Et la musique.

C'en était assez pour aujourd'hui. Je préférai quitter les lieux, abandonnant le matelas au sol.

- Attends, me dit-il. Charge ça.

Me tendant un petit lecteur MP3 sur lequel on devinait l'expression « walkman » en imprimés blancs semi-effacés, il me dit : « il faut mettre l'électricité ». Il déposa le lecteur dans la main qui s'était ouverte malgré moi et retourna s'allonger sans un mot.

*

En fin d'après-midi, fier d'arborer mon nouveau costume de bienfaiteur, j'étais de retour avec le petit baladeur chargé. Je l'interceptai au moment où il allait partir.

- Tu as faim ? lui demandai-je. Viens aux roulottes avec moi.

Il hésita :

- Le soir, je vais voir Manua.

- Manua, c'est ton copain au scooter ?

- Oui.

---

25 Le cannabis est appelé localement « pakalolo », l'herbe qui rend fou.

- Et toi, comment tu t'appelles ?
- Tapu. Tapu Tepa.
- Comme tu voudras. Je voulais t'inviter.
Alors que je rebroussai chemin, il me rattrapa :
- Je viens, dit-il simplement en m'emboîtant le pas.

Située à une dizaine de minutes de marche du stade, la place des roulottes, mitoyenne de l'Office du Tourisme, était surtout fréquentée par les étrangers. Elle donnait sur le port de Papeete et était le seul endroit de la ville où l'on pouvait trouver un peu d'animation passé 19h. Il choisit la roulotte du fond, comme s'il craignait d'être vu. Sur notre passage, certains clients s'étaient détournés et les propriétaires nous observaient avec curiosité.
- Tu viens parfois par ici, Tapu ? lui demandais-je, en l'appelant pour la première fois par son prénom.
- Je viens demander de l'argent, murmura-t-il dans sa barbe, parfois ils me donnent à manger.
Une serveuse vint apporter la carte. Elle s'adressa à lui, amusée :
- Tu t'es fait inviter ce soir ! C'est bien. C'est bien, monsieur, ajouta-t-elle en s'adressant à moi, il est gentil mais c'est triste. Il faudrait qu'il aille travailler.
Tapu commanda timidement la même chose que moi, un *chao mein,* plat chinois à base de nouilles réadapté à la mode tahitienne. Je me demandai s'il savait lire le menu. Son visage était vraiment très fin, presque aviaire, ce qui est inhabituel chez les Tahitiens. Sa peau brunie par le soleil contrastait avec la teinture criarde de ses cheveux. Il ressemblait à un petit garçon mal dégrossi, avec ses yeux de souris et son corps chétif, et paraissait plus jeune que son âge – il m'avait indiqué avoir environ quinze ans. Rarement avais-je eu l'occasion de voir quelqu'un manger avec un tel appétit. Il avait dévoré son assiette en l'espace de quelques secondes, aussi j'en

commandai une seconde. Je profitai de le voir plus détendu pour tenter de lui soutirer quelques informations.
- Tu as une famille, ici ?
- Oui, juste ma mère.
- Tu vis chez elle ?
- Non. Je boxais à l'école. Alors elle m'a mis à la porte.
Décidément, la logique tahitienne m'échappait.
- Où habite-t-elle ?
- À Faaa. Pas loin de là où on s'est vus.
L'euphémisme me fit sourire. Tapu avait baissé la garde et parlait davantage :
- Ici, il faut utiliser les poings. À l'école, au collège, dans la rue, partout. Toi, tu viens d'où ?
Je lui décrivais le centre de la France. Mon massif, la verdure, les collines. Il me demanda si les gens étaient gentils chez moi. Je lui répondis que tout était relatif, mais qu'au moins je n'avais pas besoin de frapper mes voisins pour me faire respecter.
- Tu travailles ?
- Je suis agriculteur. Je fais pousser des arbres fruitiers.
- C'est bien comme travail, dit-il. Ma mère avait des arbres aussi, avant. Elle avait des citrons.
- Tu voudrais retourner chez toi ?
Il haussa les épaules :
- C'est là-bas, chez moi, maintenant. Sur mon terrain.
Au moment de repartir, un homme assis sur le bord de la fontaine, que je n'avais pas remarqué, l'interpella bruyamment. Tapu eut l'air gêné et, sans se retourner, accéléra le pas. Dans notre dos, la voix continuait de résonner, légèrement moqueuse : « Hé Tapu, tu fais le monsieur maintenant ? Je t'en prends une, viens voir ! ».
Tapu l'ignora mais se hâta en direction de sa bicyclette :

- Tu peux revenir demain, dit-il distraitement en disparaissant la pénombre.

*

Darling avait, d'un revers de la main, balayé les peluches qui traînaient sur le petit canapé pour me faire une place. Assis aux côtés de sa mère et de sa tante sur la moquette tâchée par la graisse et les sodas, il écoutait mon récit en ouvrant de grands yeux, dans lesquels j'imaginais un mélange d'admiration et de crainte. Je narrai mon épopée de la veille avec le détachement des modestes, conscient toutefois du jeu de séduction qui se noue tacitement entre tout orateur et son auditoire. Quand j'eus fini, Darling vida sa canette d'ananas Queen Tahiti dans mon verre avant de reprendre, intrigué :
- Et que vas-tu faire, maintenant ?
- Je voudrais aller voir sa mère. Elle a des obligations envers lui.
- Le petit est au courant ?
- Non, il vaut mieux qu'il ne sache rien. Je commence à peine à gagner sa confiance. Le nom de Tepa vous dit quelque chose ?
Il réfléchit :
- On en a des amis qui s'appellent Tepa, à Papeete, mais ce n'est pas leur famille... Mama, tu connais pas des gens, toi ?
- Tepa… Il y a le garage qui s'appelle Tepa, ici à Faaa, après…
Je l'interrompis, exalté par la tournure que prenait l'enquête :
- Où se trouve ce garage ?
- Tu vois l'aéroport ? Tu continues en direction du Carrefour et c'est la troisième petite rue qui monte sur la gauche.
Les indications coïncidaient avec celles qui m'avaient été données par Tapu. Je projetai de m'y rendre l'après-midi même, après le déjeuner et la sieste rituelle, lorsque le soleil serait plus bas. La porte d'entrée s'ouvrit et un jeune homme aux longs cheveux noirs nous salua poliment avant de monter à l'étage.

- C'est mon frère aîné, mon frère de lait, dit Darling. Moi, je suis le plus jeune.
- Ton frère de lait ?
- Ça se fait parfois chez nous. Sa mère était une cousine de ma tante mais elle n'avait pas beaucoup d'argent. Alors c'est ma mère qui s'est occupé d'Apia et qui l'a élevé avec nous.
- Elle est devenue sa maman *fa'a'amu*, précisa la tante, c'est comme ça qu'on dit chez nous. Mais il ne parle pas beaucoup, Apia, il est très timide.
- C'est un peu comme si elle l'avait adopté, c'est ça ?
- Sans les papiers, répondit la tante en riant. La maman vient souvent nous rendre visite, c'est une amie. Tu la verras peut-être si tu restes.
- Toi aussi tu peux rester dans ta nouvelle famille *fa'a'amu*, s'exclama la mère avec enthousiasme. Tu es le bienvenu, aussi longtemps que tu le souhaites.
En m'endormant sur le petit canapé, dans le vacarme familier des cris d'enfants, j'eus la pensée confuse que l'accueil tahitien était sans comparaison le plus chaleureux du monde, mais qu'ils feraient bien de prendre garde à leurs gentils mécréants. Et soudain, se frayant un passage à travers la langoureuse opacité du sommeil, une idée saugrenue, un projet insensé me vint à l'esprit.

*

Le propriétaire du garage était un grand Tahitien très fin, assez charismatique. Je reconnus le regard légèrement brumeux qui m'avait interpellé chez Tapu ; aucun doute, il s'agissait bien de la même famille. Lorsque je me présentai à lui et lui demandai s'il connaissait Tapu Tepa, il parut agacé :
- C'est un vaurien, se contenta-t-il de constater.
- Je voudrais rencontrer sa mère. Savez-vous…
- Vous êtes des services sociaux, de la police ? m'interrompit-il.

- Non. J'essaie d'aider Tapu à trouver un travail. J'aurais besoin de quelques informations d'ordre administratif, rien de plus.
Un semi-mensonge pour la bonne cause qui ne l'adoucit pas pour autant. Il accepta tout de même d'appeler sa sœur pour qu'elle vienne rencontrer « un popa'a qui veut te parler de Tapu. Oui, ton fils. Non, il dit que c'est pour un travail ».
- Attends-là, m'ordonna-t-il en désignant un petit tabouret en plastique rouge, d'un ton qui n'admettait aucune négociation.
Pour des raisons qui m'échappaient, j'avais imaginé la mère de Tapu comme une dame enrobée et flegmatique, à l'accent chantant et traînant. Aussi-je fus extrêmement surpris de voir arriver une jeune fille assez charmante, aux traits aussi fins que ceux d'une adolescente. Elle ne pouvait pas avoir plus de trente ans et ne dépassait pas le mètre cinquante. Sa fleur de tiaré était placée du côté droit, ce qui signifiait, si j'avais bien retenu les explications de Darling, qu'elle était célibataire. Elle semblait inquiète :
- Que s'est-il passé ? Qu'a-t-il encore fait ? Des ennuis, toujours des ennuis, grommela-t-elle.
- Rien, mentis-je, omettant prudemment le vol, rien de grave. J'ai juste rencontré votre fils à Papeete. Il allait bien, il est en bonne santé.
- Qu'il aille au Diable, dit-elle avec amertume. Que fait-il à Papeete ? Il continue à cavaler avec ses voyous de copains ?
- Je ne sais pas, mentis-je à nouveau. Mais je l'aide, ajoutai-je avec une pointe de fierté dans la voix. À trouver un travail.

Elle éclata de rire :
- Sais-tu à combien s'élève le taux de chômage ici ? Il n'y a même pas de travail pour les gens honnêtes ! Alors qui voudrait d'un gamin comme lui ?
Je repris d'un ton que je voulais assuré :

- Il a changé. C'est un gentil garçon. Je pourrais l'aider, je connais du monde. Mais il faudrait qu'il puisse rentrer à la maison, qu'il ait un toit…
Elle m'interrompit, suspicieuse :
- Mais qui es-tu exactement ? Tu es des services sociaux, c'est ça ? Ah oui, c'est un gentil garçon qui m'a pris mes sous pendant des années pour faire son business, un gentil grand frère qui frappait ses petites sœurs, j'étais constamment appelée à l'école parce qu'il se battait avec les autres. La honte ! Quand son père est parti, c'est moi qu'il a commencé à vouloir intimider. Mais je ne me suis pas laissée faire, non, il a pris la raclée de sa vie. Pas de petit voyou sous mon toit, ni avant, ni maintenant, ni jamais. Si tu es de la police, trouve-lui quelque chose, mais ne viens pas m'embêter.
- Il est encore mineur… protestai-je avec froideur.
- Alors je le répudie ! s'exclama-t-elle en riant presque, tu crois que tes lois ont cours à Tahiti ? Nous sommes sur notre île, et nous n'avons pas de compte à rendre aux fonctionnaires.
Cette jeune femme était bien le monstre le plus coriace qu'il m'ait été donné de combattre sur cette île. Légèrement désemparé, je me concentrai, en quête d'une répartie efficace. Rien ne vint. Je me sentis chuter dans les tréfonds de l'asthénosphère, tandis que la victorieuse femme-fleur renchérissait :
- Ecoute, j'ai quatre filles à la maison, et les deux grandes me font aussi du souci. C'est un tout petit studio. C'est pas facile de les tenir, alors s'il-te-plaît, ne viens pas m'ajouter des problèmes. Si tu aimes bien Tapu, aide-le, mais ne me demande rien et ne reviens pas me voir.
Acculé, je n'avais d'autre choix que de miser ma carte la plus secrète :
- Je voudrais l'adopter, articulai-je lentement.

Les mots étaient sortis de ma bouche sans que je puisse les retenir. J'étais moi-même surpris de mon audace. Un silence étrange s'installa. La jeune femme prit un air suspicieux et me jaugea :
- Que mon mormon de Dieu soit béni. Tu n'es pas une sorte de pédophile au moins ?

*

Je retrouvai Tapu sous ses arbres en fin d'après-midi. Il semblait m'attendre et me demanda directement si nous pouvions aller manger.
- Que fais-tu de tes journées pour être si affamé ?
- Je fais mon trafic, répondit-il très simplement. Et je dors, parce que la nuit, je vois les copains. Tu pourrais venir me faire manger avant la nuit ?
- Avant la nuit ?
- Manua, il n'aimerait pas que je sois avec toi. Et il dit que je viens trop tard.
- Tu as peur de Manua ?
Il haussa les épaules :
- C'est lui qui fait le *puaka*. Il me donne les sous.
Il me fixa soudain d'un air menaçant :
- Tu dis rien, hein !

Ce soir, je renonçai à retourner aux roulottes du centre. Je hélai un taxi mais Tapu me parut réticent à monter :
- Ils vont dire que je fais le monsieur si je vais en taxi, dit-il très sérieusement. Je viens en vélo.
La situation était un peu incongrue mais nous finîmes par nous retrouver devant la roulotte de Darling, qui servait des poissons-frites un peu gras mais en quantité généreuse. Nous nous installâmes sur les petits tabourets rouges tandis que Tapu me rappelait, avec un brin de fierté : « c'est là que je t'ai pris ta tente ». Rajoutant : « Tu

ne sais pas bien boxer ». Il mangea avec autant d'appétit que la veille mais moins rapidement. La métropole semblait l'intéresser et il ne cessait de poser des questions :
- Il fait froid chez toi ?
- L'hiver oui, on peut descendre sous 0 degrés.
Les yeux écarquillés, il remarqua, tout à fait sérieux :
- Comme dans du surgelé.
Darling profita de sa pause pour nous rejoindre et sembla tout aussi curieux :
- Et il y a de la neige ?
- Oui, elle recouvre tout en janvier. Tout est blanc, le ciel, la terre, les arbres. C'est ma période préférée.
- Mais comment est-ce que vous arrivez à marcher, à conduire ?
- Les enfants boxent à l'école ? renchérit Tapu.
- Il paraît qu'il y a des immeubles entiers où on peut faire des courses. Dix fois plus grands que Carrefour Faaa, murmura Darling, rêveur. Et que vous mangez du fromage avec des vers de terre.
- Les français fument le *paka* aussi ? Beaucoup ?
- Il y a beaucoup de problèmes avec les terroristes ?
- Est-ce que les gens sont heureux chez toi ? me demanda soudain Tapu.
Je réfléchis quelques secondes :
- Ils ont tout pour l'être. Et toi, tu es heureux ?
- Un peu.
Lorsque Darling repartit servir, Tapu me dit à voix haute, d'un air de connivence :
- Lui c'est un *rae rae*[26], une pute.
L'espace d'un instant, le temps sembla s'arrêter. Je vis Darling se figer comme s'il avait été frappé par la foudre. Lorsqu'il se retourna,

26 Travesti, souvent associé à la prostitution, à distinguer du *mahu*, dernier garçon d'une fratrie masculine, parfois élevé comme une fille dans la tradition polynésienne.

je ne reconnus pas mon ami. Son teint était livide et ses yeux emplis d'une rage qui, l'espace d'une seconde, me terrifia. Il s'élança sur Tapu et le projeta au sol, avec une force que je ne lui aurais jamais imaginée. Ses mains d'hommes s'étaient nouées autour de son cou, comme pour l'étrangler, et il hurlait d'une voix grave tandis que Tapu, immobilisé, tentait désespérément de se débattre. Je restai médusé. Deux clients se précipitèrent à temps pour empêcher le premier coup de s'abattre, tandis que Tapu en profitait pour se dégager et s'échapper. J'eus tout juste le temps de le voir sauter sur son vélo avant qu'il ne disparaisse dans l'obscurité. Essoufflé, encore transpirant de colère, Darling s'était relevé et tentait de reprendre ses esprits. Dans sa longue robe à fleur, les traits creusés par la haine, les muscles des bras encore crispés par l'étreinte, il semblait plus masculin que jamais. Il me regarda et me dit :
- Tu diras à ton voyou que s'il vient à m'insulter encore une fois, ce sont ses yeux que je lui arrache.
Il récupéra son sac à main doré tombé au sol, et, le port altier, retourna d'un pas gracieux s'installer dans sa roulotte.

*

Une jeune femme souriante m'accueillit dans son bureau du complexe du Fare Tama Hau. C'était la responsable de la maison de l'adolescent, un centre de prévention et d'accueil réputé dont j'avais trouvé les coordonnées sur la toile. J'exposai le cas de Tapu à son oreille attentive. Elle réfléchit quelques secondes puis m'exposa la situation :
- Nos effectifs ont malheureusement été réduits de façon drastique depuis quatre ans, mais nous étudions tous les cas. Malheureusement, ce sont les adolescents ou les parents qui doivent venir faire leur demande. Qui êtes-vous au juste, par rapport à ce jeune ?

- Je suis un ami, je répondis.
Elle poussa un soupir et poursuivit :
- Nous ne disposons pas encore de logements. Dans l'urgence, nous pouvons aider Tapu à monter son dossier pour un logement dans la Maison du Bon Samaritain mais le centre est déjà saturé. Une solution temporaire pourrait être le centre Te Vaiete, tenu par le secours catholique mais les conditions sont plus spartiates et le renouvellement journalier. Il faut également que vous vous prépariez à l'idée que Tapu n'acceptera peut-être pas d'aller y habiter.
- J'en suis conscient. Mais je pense qu'il a surtout besoin de parler, de trouver une petite activité. Il a ses copains dans la rue.
- Nous pouvons l'accueillir de jour et l'aider à mener à bien son projet. Mais la réinsertion est un travail de longue haleine, qui commence généralement au cœur même de la famille. Les résultats mettent parfois du temps à venir et notre apport est avant tout une aide d'urgence. Dans tous les cas, il faut qu'il se présente lui-même.
Je décidai alors de lui faire part du projet fou qui m'habitait depuis deux jours. Elle m'écouta avec un petit sourire et finit par me donner quelques informations :
- Cela concerne en général les enfants à la naissance. Il faut obtenir un accord de deux ans avant que l'adoption soit plénière. Pour des adolescents, je pense qu'il faut voir directement avec les parents. Mais êtes-vous bien conscient, vous et votre compagne, de ce que cela implique ? demanda-t-elle avec une naïveté inquisitrice.
- Je suis célibataire, répondis-je. La mère de Tapu accepte de me le vendre pour 100 000 francs pacifique. Elle est ouverte à la négociation.

*

Je retrouvai Tapu le lendemain après-midi ainsi que les suivants. Nos rencontres impliquaient toujours les mêmes rituels : je le récupérais près du terrain et l'emmenais manger dans un petit snack de proximité. D'abord très remonté contre Darling (il avait juré de se venger et de retourner le passer à tabac avec ses copains de rue), il s'était ensuite ravisé et m'avait dit qu'il l'avait confondu avec un *rae rae*.. Toutefois, il me trouvait des comportements et des fréquentations étranges et il me demanda à plusieurs reprises si j'étais amoureux de lui, ou de Darling. Il était d'accord pour se prostituer, si cela lui rapportait un peu d'argent, mais il n'était pas sûr de pouvoir rivaliser avec les *rae rae* aux yeux des vieux clients. J'avais exposé mon projet d'adoption à Darling et à sa mère, chez qui je m'étais installé. Ils m'avaient dit que j'étais complètement fou. Cela ne me surprenait pas. J'étais d'une autre trempe. De ceux qui n'ont pas froid aux yeux et qui ne craignent pas les coups. De ceux qui voient au-delà de l'horizon qu'on leur impose, qui s'aventurent dans les sentiers interdits. Qu'avais-je à faire, moi, de tous les euros hérités de mon père, des quelques billets que produisait mon terrain familial. À quoi devais-je servir, seul dans ma ferme, sans compagne ni enfants, à récolter mes fruits ? Je savais que le projet était brutal, insensé, mais s'il y avait une minuscule chance de sauver Tapu, de lui donner les moyens d'avoir une vie convenable, sa vie, pourquoi ne pas la lui offrir ? J'avais tué le justicier, conscient à présent que les véritables héros étaient ceux du quotidien. Pour la première fois depuis longtemps, j'avançais de pair avec mes idéaux. J'étais Peter Grandcoeur, le Fou Fa'a'amu. L'épicentre de la légende. Agriculteur le jour, sauveur d'enfants la nuit. Le papa de Tapu.

Il est vrai que je peinais à l'imaginer, avec son français hésitant et sa peau salée, au milieu des vergers balayés par le vent d'automne, entouré de fils de paysans. Il aurait son scooter, pourtant et sa chambre. Souffrirait-il du froid ? Mon père disait toujours qu'il n'y avait de froid que lorsque l'on n'était pas assez couvert. Je restai parfois plusieurs minutes silencieux, perdu dans mes pensées, à le projeter dans mon quotidien métropolitain. Je commençai à avoir des réflexes paternels, à lui poser la main sur l'épaule. Ça le gênait, il n'aimait pas ça, mais il m'attendait à la même heure chaque jour.

*

Alors que je m'apprêtai à rendre visite à mon futur fils adoptif, tout juste dix jours après mon arrivée à Tahiti, je vis qu'il n'était pas seul. La silhouette massive de Manua veillait. L'autre père. Je serrai les poings, prêt à précipiter mon rival au fond de l'abîme. Tous deux semblaient m'attendre. Je les laissai me rejoindre au bord de la route, sans quitter Manua des yeux. Tapu avait un œil noir et le nez qui saignait. Je murmurai en tremblant de haine :
- Tu l'as frappé !
- Il a parlé. Qu'est-ce que tu veux, toi.
- Je lui donne à manger, répliquai-je avec force, invoquant le courage du Fou Fa'a'amu.
- C'est fini, tu ne lui donnes plus rien du tout. On parle de vous dans toute la ville.
Il s'approcha de moi tandis que je maintenais son regard. Si près que je pouvais sentir son haleine fétide. Une montagne de muscles au regard vide. Le Colosse aux Cicatrices. Il murmura :
- Je vous revois ensemble, je lui tranche sa petite gorge de puceau et toi je t'enfonce mon épée dans tes jolies fesses de *popa'a*. Compris ?
J'acquiesçai d'un petit signe de tête, me maudissant d'être aussi facile à intimider.

*

En dépit de la menace que je prenais très au sérieux, je ne parvins pas à revenir à Faaa ce soir-là. J'attendis que Manua quitte les lieux pour revenir sur le terrain vague. C'était ma dernière chance de sauver Tapu. Il eut un mouvement de panique en me voyant arriver et me fit signe de prendre la fuite. Je lui demandai de s'asseoir et le forçai à m'écouter, prétextant que ce serait la dernière fois :

- Tu aimerais vivre en France, Tapu, n'est-ce-pas ?

Il ne répondit pas. Je poursuivis, imperturbable :

- J'ai envie de t'aider.

Le grand moment était arrivé. Je réunis tout mon courage et, un sourire magnanime aux lèvres, laissai le Fou Fa'a'amu parler à travers moi :

- J'ai envie de te sortir d'ici. J'ai parlé avec ta mère. Je pourrais t'adopter.

Son regard jusqu'alors alerte et fuyant se figea de stupéfaction. Il se tourna vers moi, incrédule :

- Quoi ?

- Je te propose de t'adopter, répétai-je en articulant, de devenir ton père. Ta mère est d'accord.

Il semblait abasourdi. Il balbutia :

- Mais tu es trop jeune pour être mon père…

- Je peux m'occuper de toi. Si tu acceptes, je te ramène en France au plus tôt.

- Je sais même pas comment tu t'appelles.

La question me déconcerta.

- Tu peux m'appeler Ernan, comme eux. Tu auras un collège, une maison, une famille.

Il continuait de balbutier :

- Mais il fait froid là-bas. Et c'est loin.

Je commençai à me sentir mal à l'aise.

- Tu n'as pas envie de sortir de la rue ? demandai-je, désespéré. Je peux t'aider.

Il sembla reprendre ses esprits et répliqua :

- Je veux bien que tu me donnes à manger ou des sous. Mais… pas que tu deviennes mon père !
Soudain, des soubresauts commencèrent à agiter sa poitrine. Ils se transformèrent bientôt en véritables spasmes. L'adolescent résigné que je n'avais jamais vu esquisser le moindre sourire riait à présent à gorge déployée, incapable de se contrôler ni de s'arrêter. De grosses larmes coulaient sur ses joues. Il haletait, reprenait son souffle et riait, avec toute l'innocence d'un enfant devant un spectacle bouffon. Il ressemblait à un corbeau ricaneur. Au-dessus de moi, le ciel avait pris une teinte brune et j'eus l'impression de m'enfoncer jusqu'au centre de la Terre, au cœur d'une jungle impénétrable. Humilié dans ma candeur, accablé de honte et de désillusion, je m'abandonnai à la résistance du monde. J'aurais donné mon royaume pour sauver ce petit homme des rues, qui n'était finalement ni particulièrement sympathique ni reconnaissant, et qui, surtout, n'avait rien demandé. Cela avait été un naufrage. Sous le rire tonitruant de Tapu Tepa, je me liquéfiai. Une boisson violette mêlée au sang du triste clown que j'étais devenu, diluée dans la mélasse du Rio Puyo. Inconscient de la turbidité qui continuait de resserrer son étreinte autour de mon corps d'insolent, broyé sous la masse de l'immuable ordre des choses, je serrai mon nouveau smartphone entre mes doigts et, l'esprit dinguant au rythme du tambour, pleurai comme un héros.

La Terre est ronde

La Maison dans la forêt

Amazonie (Equateur)

La tribu s'était réunie sous la cabane de Jesus, au milieu des pilotis qui délimitaient l'espace commun. Dimitri, responsable du développement écotouristique des communautés indigènes ayant accepté de travailler en partenariat avec l'association Amazonia Ecovolunteer, prit un air grave et s'adressa à son public avec la solennité et l'éloquence qu'il avait lui-même observées chez les orateurs de la tribu au moment des grands conseils.

« Compañeros, Compañeras,

J'ai pu mesurer, tout au long de cette visite du nouveau camp, les efforts qui ont été mis en œuvre pour ouvrir la tribu aux visiteurs étrangers. Trêve de suspense : je peux d'ores et déjà vous annoncer qu'Amazonia Ecovolunteer s'engage désormais à œuvrer à vos côtés pour recruter des volontaires, médiatiser votre projet d'ouverture au tourisme et vous assurer par là-même un revenu conséquent et régulier. Je vais à présent énoncer les différents éléments qui devront être mis en place afin de faciliter l'accueil des premiers visiteurs.

Commençons tout d'abord par le nom. Vous avec souligné votre attachement à l'histoire de la communauté, constituée des descendants de nos amis Juanita et Luis Père ici présents, qui l'avaient baptisée, il y a environ soixante ans « Sachacasa ». Vous m'avez indiqué que l'on pouvait traduire ce nom quechua[27] par « la maison dans la forêt » et qu'il avait été choisi en hommage à Pachamama, la Mère Nature, et relativement à votre propre expertise en tout ce qui concerne les plantes et les racines médicinales. Compañeros, Compañeras, nous validons ce nom mais souhaitons, pour plus de lisibilité, qu'il soit traduit en « Jungle Lodge ». Vous devrez vous engager à fabriquer deux enseignes de cinq mètres sur deux, de préférence en bois gravé, que vous installerez sur la nouvelle route goudronnée (Dieu bénisse la politique de développement des régions isolées lancée par le gouvernement) et à l'entrée du village.

Venons-en à l'habitat. Vous avez exprimé le désir de vivre séparés des visiteurs et de continuer à habiter vos maisons plus modernes et desservies en électricité à environ dix minutes de marche du camp, qui sera essentiellement dédié à l'accueil touristique. J'ai pu apprécié tous les efforts que vous avez fournis en matière de décoration : vos lances sculptées en forme d'anacondas sont impressionnantes et l'intérieur des cabanes est très bien aménagé. Certaines moustiquaires sont trouées : il faudra veiller à les remplacer. Vous serez chargés de l'entretien des cabanes sur pilotis, de la literie et de la cuisine. Nous souhaitons également qu'un membre de la communauté demeure dans le camp touristique, pour des raisons de sécurité. Vous m'avez indiqué que Jesus, n'ayant pas entamé sa délocalisation, resterait ici pour quelques mois encore et que vous vous chargeriez par la suite de mettre en place une veille à tour de rôle.

Compañeros, Compañeras, venons-en à présent aux activités proposées par la communauté. L'accueil des petits groupes de

27 Langue répandue en Amazonie.

touristes amenés par les guides partenaires de notre association prendra place entre 15h et 17h. Vous devrez vous tenir prêts dans le camp touristique, même si aucun visiteur ne se présente. Nous validons l'utilisation des costumes traditionnels que vous avez créés pour l'occasion : jupes de paille et protège-poitrine pour les femmes, bermudas ethniques et colliers guerriers pour les hommes. Trois coiffes traditionnelles amérindiennes seront mises à disposition par l'association : l'orateur sera prioritaire et vous pourrez ensuite les faire essayer aux touristes. Trois activités sont prévues pour les visites rapides : l'accueil en costume traditionnel et les danses de la *chicha*[28], auxquelles sont également conviés les enfants. Jose prendra en charge le tambour, Jasmina sera responsable des leçons de danse et Juanita fabriquera la *chicha* à partir du manioc. Elle devra impérativement dater de l'après-midi même : nos touristes occidentaux ont l'estomac fragile. Le goût leur sera probablement déplaisant : n'hésitez pas à ajouter un peu de sucre. La calebasse en bois devra être lavée avant et après utilisation mais nous acceptons, en vertu de la tradition, qu'elle passe de bouche en bouche. Seront également proposées une activité de peinture faciale, à partir du pigment contenu dans l'*achiote*[29] et une activité de sarbacane. À la suite de quoi le groupe visitera le camp et sera invité à acheter vos bijoux d'artisanat. Nul doute qu'ils repartiront enchantés.

Quant aux rémunérations, Compañeros, Compañeras, voici comment nous allons procéder. Pour les groupes de visiteurs, la communauté ne touchera aucun pourcentage mais pourra être rémunérée sur l'achat de bijoux, le service de restauration et d'hébergement, chaque guide ayant pour consigne d'inciter les voyageurs à passer la nuit au camp. Le prix a été fixé à 7 dollars, le confort étant tout de même rudimentaire. Pour ce qui est des

28 Boisson amère à base de yuca bouilli, mâché, craché puis fermenté.
29 Petit arbre d'Amazonie.

volontaires, qui viendront passer au minimum deux semaines au camp, vous toucherez la moitié de la donation, à savoir 150 dollars pour deux semaines. Les volontaires viendront avec leurs envies et leurs projets de développement. Ils devront être intégrés à la communauté et tout faire comme vous. Nous tentons de recruter des volontaires qui parlent un espagnol de niveau intermédiaire ; par la suite, il vous sera utile, surtout si notre partenariat vient à se développer, d'apprendre à leurs côtés quelques rudiments d'anglais. Nous comptons sur votre hospitalité pour atténuer le choc culturel. Chaque volontaire devra à la suite de son séjour remplir un questionnaire de satisfaction détaillé duquel dépendra notre entente future.

Compañeros, Compañeras, de grandes choses attendent la communauté du « Jungle Lodge ». Je vous remercie de votre attention, de votre écoute, et me tiens à votre disposition, de nos locaux de Riobamba, pour résoudre d'éventuelles difficultés. Au nom d'Amazonia Ecovolunteer, merci. »

*

Le premier volontaire, un grand allemand âgé de 26 ans, devait arriver en gare routière de Puyo trois semaines plus tard. Après un éprouvant voyage en bus de Quito, jalonné de films ultraviolents projetés à la vue des adultes comme des enfants, ce fut un véritable soulagement pour lui de poser le pied sur la terre ferme et de respirer l'air moite de l'Amazonie. Il fit le tour du bâtiment en quête d'un Amérindien qui ressemblerait à celui que Dimitri avait appelé Fernando, en vain. Lorsqu'il s'adressa à un vendeur de tickets de bus, celui-ci eut l'air perplexe. Il n'y avait pas de communauté appelée « Jungle Lodge » dans la région. Cela ressemblait plutôt au nom d'un hôtel de luxe. Le volontaire s'installa près d'un petit marchand qui préparait la *hornada* et patienta en grignotant quelques

petits morceaux de porc grillés et marinés dans la sauce du maïs. Au bout d'une heure, alors qu'il commençait à somnoler sur son sac, un petit homme tranquille vint lui demander s'il avait déjà fait les courses. C'était Fernando, ajouta-t-il en lui désignant la petite alimentation de la gare, dans laquelle le volontaire, un peu pris de court, acheta du riz, des œufs, une grande bouteille d'eau potable et quelques produits pour le matin à un prix trois fois supérieur à celui du marché. « Tu es sûr que tu en as assez ? ne cessait de répéter Fernando, il n'est pas certain que tu puisses revenir en ville ». Le volontaire tenta d'exprimer quelques politesses en espagnol mais Fernando ne semblait pas comprendre. Il hochait la tête poliment puis se détournait, visiblement pressé de retourner au camp.
- Nous y allons en bus ? demanda le volontaire.
- Non, le bus, trop fatigant. On va prendre le taxi. Je vais l'appeler.

Le taxi fut long à arriver et, à la vue du désordre, n'en était pas vraiment un. Fernando passa les quarante minutes de trajet à discuter joyeusement en quechua avec le chauffeur, comme si c'était un ami d'enfance qu'il n'avait pas revu depuis des années. Après s'être largement enfoncé dans la forêt, le véhicule s'arrêta à l'intersection d'un petit chemin de terre orné d'une pancarte criarde (qui représentait visiblement des touristes en train de chasser à l'arc et de pêcher des silures au harpon) au milieu de laquelle avait été peinte en larges lettres jaunes l'inscription « Jungle Lodge : ¡¡ Precios Muy Baratos[30] !! ». Le volontaire se promit de la remplacer au cours de son séjour. Pour l'heure, Fernando, soudain beaucoup plus à l'aise en espagnol, lui réclamait 20 dollars pour le taxi.

La petite maison sur pilotis était sommaire mais charmante. Le volontaire y déposa son sac en se demandant s'il s'agissait d'un village fantôme : aucun habitant n'était venu l'accueillir et, plus

30 Prix très peu chers !

étrange encore, personne ne semblait habiter les autres cabanes. Il allait ressortir pour visiter les lieux et partir à la recherche d'âmes vagabondes lorsque Fernando désigna son lit du doigt en lançant un ferme « ¡ Ahora descanzo[31] ! ». Un peu intimidé, se demandant s'il s'agissait là d'une coutume amérindienne, le volontaire obtempéra et finit, épuisé par le long voyage, par s'endormir profondément.

Il fut éveillé par la pluie battante. Assis sur son matelas, sous la grande moustiquaire, il s'aperçut que la nuit était déjà tombée. À l'aveugle, il se dirigea vers son sac et tenta d'extraire la petite lampe frontale qu'il avait emportée dans le cas – avéré – où les cabanes ne disposeraient pas d'électricité. La lumière jaillit et, à sa grande stupeur, éclaira trois araignées ventrues sur le toit de feuilles de palmier tressées. En s'approchant, il réalisa qu'il s'agissait de petites tarentules, sans doute inoffensives (c'est ce dont il tenta de se convaincre) mais tout de même impressionnantes. En dépit des matériaux rudimentaires, la cabane était relativement bien isolée et il fut surpris que l'eau, en dépit de la puissance avec laquelle elle s'abattait sur l'édifice, ne parvienne pas à se frayer un chemin jusqu'à l'intérieur. Il ouvrit la porte d'entrée : pas un bruit dans le village, plongé dans l'obscurité. Il aurait voulu manger quelque chose mais ne savait ni où se trouvait la cuisine ni même s'il y en avait une. Fernando lui avait simplement dit : « plus tard ». Impossible également de trouver un lavabo ou une douche. Alors, il retira ses vêtements et sortit sur le seuil, se laissant inonder par l'eau du ciel, habillé par la pénombre et bercé par le vacarme nocturne de la jungle.

*

Le lendemain, la pluie tombait toujours. Le jour s'était levé à environ six heures. Le volontaire avait bien récupéré et n'avait

---

31 Maintenant, il faut se reposer !

qu'une envie : explorer le camp et partir à la rencontre des membres de la communauté. Il sortit couvert d'un imperméable et déambula entre les cabanes. Il devait y en avoir une dizaine en tout. Dimitri lui avait indiqué que la tribu était constituée d'une quinzaine d'adultes et d'une trentaine d'enfants. Cela pouvait coïncider. Il se plaça sous les pilotis et tendit l'oreille, en vain. Soit les Indiens étaient de grands dormeurs, soit (plus plausible) les cabanes étaient inhabitées. Il se dirigea jusqu'à la rivière, qu'on appelait le Rio Puyo. L'eau était opaque et brune ; il y avait du courant. Il se demanda si les enfants allaient parfois s'y baigner, ou y pêcher. Il localisa les toilettes, le petit lavabo extérieur et une salle couverte qui devait servir de restaurant, adjacente à la cuisine. Il déposa les aliments achetés la veille dans le grand coffre fermé qui devait les protéger des fourmis et autres bêtes fouineuses, se félicitant de ne pas avoir pris de denrées organiques qui auraient vite tourné avec la chaleur. La cuisine, comme le reste du village, ne semblait pas fonctionnelle. Aucun aliment, aucun condiment ne traînait. L'eau ne coulait pas du robinet de l'évier et il n'y avait pas de gaz. À proximité de sa cabane, le volontaire remarqua un semblant de pont très fin qui traversait une seconde rivière. Lorsqu'il posa le pied dessus, l'ensemble de l'ouvrage se mit en branle et il espéra ne jamais avoir à le franchir : trois bambous avaient été liés par de simples cordes autour d'une sorte de charpente fébrile qui obligeait à monter, à redescendre, à remonter puis à redescendre pour atteindre l'autre rive. Perplexe, il rentra chez lui et attendit en lisant que quelqu'un vienne le chercher.

La journée passa sans le moindre événement, rythmée par le ressac des averses. Vers trois heures de l'après-midi, le volontaire tenta de faire cuire son riz, en vain. La bonbonne de gaz était pleine mais mal reliée au réchaud. Lorsqu'il parvint enfin à réparer le système, il réalisa qu'il n'avait pas d'allumettes. La faim l'empêchait à présent de lire, envahissant ses pensées. Agacé, il entreprit d'explorer un petit sentier qui s'enfonçait dans la jungle mais qui se rétrécit rapidement jusqu'à disparaître. Les bruits qui se faisaient entendre dans les hautes herbes l'inquiétèrent et il se résolut à regagner le village désert.

Ce fut seulement vers dix-huit heures, une fois la nuit tombée, que l'on vint frapper à sa porte. Miné par l'ennui, il s'était déjà couché et abrité sous la moustiquaire. Trois hommes l'attendaient en bas du petit escalier. Fernando prit la parole et sembla réciter un discours appris par cœur :
- Bonjour, je me présente, je m'appelle Fernando et je suis le président de l'association Jungle Lodge.
- Je sais qui tu es, Fernando, articula le volontaire d'une voix ensommeillée, on s'est vu hier matin.
- Je te présente mes deux frères, Jose et Jesus, poursuivit Fernando comme s'il n'avait rien entendu, qui sont respectivement le secrétaire et le trésorier. Pour rentrer dans la communauté, nous demandons une donation.
Et il se tut.
- Oui, dit simplement le volontaire.
Silence. Ils attendaient, comme s'ils craignaient qu'il ne se dérobe.
- Vous voulez que je vous paie, pardon que je vous fasse la donation tout de suite ?
- Oui, s'il te plaît.
Un peu pris de court, le volontaire retourna chercher sa sacoche pour récupérer l'argent. Les yeux de Fernando s'illuminèrent :
- Merci, murmura-t-il avec émotion en récupérant la petite liasse.
La vue des billets avait soudain rendu les deux autres enthousiastes et loquaces. Jose parla avec ferveur :
- Tu vas découvrir beaucoup de choses, ici. Ça va être formidable. N'hésite pas à nous demander si tu as besoin de quoi que ce soit. La

communauté est ravie de t'accueillir. Un grand merci pour la donation. Maintenant, tu peux aller te reposer. D'ailleurs comment tu t'appelles ?
- Hermenegild, répondit le volontaire.
- Hè...gi ? tenta de répéter Jose, déboussolé.
- Hermenegild.
- On t'appelera Ernan, ce sera plus simple. Maintenant tu peux aller te reposer. Une question ?
- Oui. Où sont les habitants ?
Jose sembla surpris.
- Nous avons notre village de l'autre côté de la rivière, dit-il en désignant le pont de bambou, il faut marcher un peu. Mais Jesus habite ici, dans la grande cabane que tu vois là-bas. Aujourd'hui, personne n'est venu à cause de la pluie, mais demain, ils viendront pour les touristes. Une question ?
- Tu aurais des allumettes ?

*

Un bruit singulier tira Ernan de sa lecture le lendemain. Curieux, il rejoint deux adolescentes qui tentaient, avec difficulté, de transporter ce qui ressemblait à une énorme cuisinière. Elles s'étaient arrêtées devant le pont en bambou et accueillirent le jeune homme, sans chercher à savoir ce qu'il faisait là, avec enthousiasme. Il comprit rapidement qu'elles souhaitaient qu'il transporte la cuisinière de l'autre côté de la rivière. Impossible de refuser. Ernan posa un pied hésitant sur le bambou et souleva l'un des bords. Pour ne pas avancer à reculons, il se plaça de dos. L'une des jeunes filles avait saisi l'autre côté et commencé à avancer. La première montée fut assez aisée mais la transition l'impressionna : il perdit l'équilibre et dut s'accrocher d'une main au bambou ficelé qui constituait une rambarde de fortune. Loin d'inquiéter les deux adolescentes, la petite péripétie les fit éclater de rire. Elles racontèrent que personne n'était jamais tombé de ce pont, sauf à une ou deux reprises. Ernan ne préférait pas y penser. Il fallut ensuit remonter : ce passage était le plus délicat car la rambarde descendait progressivement jusqu'à disparaître. En cas de déséquilibre, ce serait la chute assurée. Heureusement pour Ernan, le reste du trajet se déroula sans encombre. Ils arrivèrent à la première cabane sur pilotis et entreprirent d'y acheminer la cuisinière, ce qui ne fut pas une mince affaire.

La cabane appartenait à une vieille dame du nom de Juanita, probablement la doyenne. Elle salua chaleureusement Ernan et lui souhaita la bienvenue dans la communauté, l'invitant à s'asseoir aux côtés de ses trois petits-enfants et d'un jeune homme du nom de Pablo. C'était le plus jeune des fils, expliqua-t-il au volontaire, il n'était pas encore marié mais avait sa propre maison. Juanita apporta quelques verres remplis d'une infusion vert clair qu'elle nomma *guayusa*. Il s'agissait d'une plante dépurative qui, ébouillantée durant de longues heures, était largement consommée dans la tribu. Son goût était relativement amer et, au vu de ses effets immédiats, Ernan supposa qu'elle devait contenir de la théine. Pour la première fois, le volontaire put échanger avec les membres de la communauté. Il expliqua d'où il venait, en quoi consistait son métier d'ingénieur agricole et mentionna ses projets pour le développement de la tribu : création de comptes sur les réseaux sociaux, de vidéos informatives, cours de langue. Juanita écoutait et approuvait, s'absentant ponctuellement pour surveiller la cuisson de ce qui, d'après l'odeur, devait être du poisson. Pablo était enthousiaste et se risqua même à entonner l'un des chants de bienvenue de la tribu, invitant cousins, belles-mères et parrains à se retrouver au cœur de la jungle, au milieu des fourmis et à s'envoler aussi haut que la pierre projetée par leurs sarbacanes. Il était petit et fin, comme les autres hommes de la tribu, mais tout en muscles. Ernan devrait réaliser que la nourriture n'était pas abondante dans la communauté et surtout que ses membres, à l'exception notable des enfants, ne semblaient jamais avoir faim. Juanita apporta dans une petite assiette le fameux poisson enrobé dans une feuille de bananier, un plat qu'elle désigna sous le nom de *maito*. Les trois enfants dévorèrent le tilapia en moins d'une minute, laissant à peine à Ernan le temps d'en goûter la chair vaseuse et légèrement amère. Ils n'en réclamèrent pourtant pas plus ; peut-être n'y en avait-il qu'un.

De leur côté, Jesus, Jose et Fernando célébrèrent toute la nuit leur prospérité nouvelle, enchaînant les verres de *chicha*, pour l'occasion relevée au rhum. Ils contemplaient les trois gros billets de cinquante dollars avec incrédulité. La tribu avait toujours vécu en autarcie, consommant exclusivement le yuca et les bananes cultivés dans l'humus fertile de la jungle. Peu habitués à tenir de l'argent entre leurs mains, et une si grande somme a fortiori, ils étaient à la fois surexcités et déboussolés.
- Que va-t-on en faire ? dit Fernando
- On va acheter des bonbons, plein de bonbons. Et du coca, suggéra Jose.
- Et de la bière, renchérit Jesus.
Et ils étaient partis tous les trois avec le premier bus du matin pour aller faire le plein de vivres à Puyo. Envahis par un puissant sentiment de gratitude envers le volontaire qui avait changé leur vie, ils étaient à présent disposés à lui faire plaisir. C'est ainsi que, lorsqu'ils croisèrent Ernan au niveau du pont, croulant sous les sacs de chamallows, dragibus et autres mixtures à base de graisse de porc, ils lui proposèrent avec entrain de les accompagner dans la jungle pour aller chercher le dîner du soir. Un moyen comme un autre de se faire excuser leur désertion de la veille, songea Ernan, légèrement contrarié de voir sa donation dilapidée de la sorte.

Il leur fallut user de la machette pour se frayer un chemin dans la végétation touffue. Le niveau des petits ruisseaux innervant la jungle avait monté du fait des pluies et Jose dut faire chuter deux larges troncs d'arbre pour leur permettre de passer. Enfin ils arrivèrent près des champs d'ananas et de yuca, installés dans une clairière relativement fertile. Ces pousses-là avaient été semées quelques semaines auparavant et il faudrait attendre plusieurs mois avant de faire une récolte digne de ce nom. Tout près, de larges troncs humides baignaient dans la vase. Leur état de décomposition était avancé et ils dégageaient une singulière odeur de fermentation.

- On les a fait tomber il y a huit semaines, dit Jose. Normalement, on devrait avoir les premiers.

- Les premiers quoi ?

La démonstration fut faite de visu. Disséquant le tronc en quelques coups de machette, Jose mit à jour un immense scarabée qui avait creusé une galerie jusqu'au cœur du tronc.

- C'est la mère, dit-il, il faut la laisser.

Et il recouvrit délicatement le tronc sectionné, renfermant l'insecte dans sa prison volontaire. Après avoir parcouru des yeux les environs immédiats, il sembla jeter son dévolu sur un vieux tronc peu engageant, qu'il ouvrit comme s'il découpait du beurre. À l'intérieur, une quinzaine de larves blanchâtres mesurant entre dix et quinze centimètres, grouillaient furieusement. Les trois frères étaient ravis : il y en avait encore plus que d'habitude. Ils s'exclamaient « *chantacuros*, *chantacuros* ! » tout en enveloppant leur chasse dans de larges feuilles, en dégustant quelques-unes au passage, pour le plaisir. Les yeux fermés, Ernan les imita. Son corps fut pris d'un violent spasme et il avala sans mâcher la bestiole, qui avait le même goût fermenté que le tronc qui l'avait nourrie.

L'équipée arriva juste à temps pour le spectacle des touristes. Sur le chemin du retour, Jesus avait montré du doigt un tout petit serpent dont l'itinéraire creusait comme une ride à la surface du Rio Puyo. « Un petit boa d'eau, avait-il indiqué, ils ne sortent que la nuit ». Ernan dut attendre son retour à la civilisation pour vérifier sur la toile : les « boas d'eau » étaient effectivement plus communément désignés sous le nom d'anacondas. Quant aux gros vers, ils furent cuisinés le soir-même, prudemment retournés à la poêle avec des oignons (pour ne pas qu'ils explosent, avait dit Jose) et servis aux trois backpackers qui avaient choisi de passer la nuit au village. Les enfants récupérèrent les nombreux restes en jubilant.

*

Au fil des jours, Ernan se lia d'amitié avec l'un des guides réguliers. Il appréciait les échanges avec les voyageurs, qui rompaient son inévitable isolement. Ils arrivaient toujours en grands groupes de dix ou vingt personnes, toutes générations confondues. La tribu se tenait prête, à proximité des costumes traditionnels, tandis que l'un des enfants faisait le guet. Parmi les femmes, une jeune adolescente de quinze ans, déjà maman, portait son bébé en bandoulière et le laissait à Juanita pour aller danser. La plupart des épouses des fils de Juanita et Luis venaient de tribus voisines et parfois de Puyo. Il était intéressant de voir que ces dernières avaient abandonné leur mode de vie citadin pour se fondre dans la vie rustique de la communauté. Pablo avait même indiqué à Ernan qu'il y avait, dans un village voisin, un Belge qui avait épousé une Amérindienne et qui vivait à ses côtés depuis trente ans. La consanguinité était pourtant inévitable et deux des enfants en avaient tristement fait les frais. C'est sans doute ce qui avait poussé l'un des fils et les deux filles du couple géniteur à s'expatrier en ville, à Riobamba ou Guayaquil.

Lorsque le petit garçon revenait en courant pour annoncer l'arrivée des visiteurs, la tribu entrait en ébullition. Les femmes troquaient sans pudeur leur débardeur-short pour la jupe de paille qui mettait en valeur les mouvements de hanche tandis que les hommes revêtaient leur déguisement d'apaches. Menés par leur guide loquace, les touristes assistaient au simulacre de danse et s'extasiaient devant les enfants qui, aussi libres qu'ils devraient tous l'être, couraient partout et semblaient les plus heureux du monde. La chorégraphie s'achevait par une ronde autour de la grande calebasse qui contenait la *chicha*. Installés sur les bancs de l'espace communal, les invités tentaient de dissimuler leur répugnance à avaler le liquide blanchâtre et amer qui leur était servi en guise de bienvenue. Juanita avait décliné l'option du sucre, trop cher et mauvais pour la santé. Les enfants se précipitaient ensuite vers eux pour leur couvrir le visage, au moyen d'un petit bâton trempé dans le pigment rouge, de symboles sacrés, soleils, étoiles, arbres et serpents, avec plus ou moins de réussite. Puis venait le temps de la sarbacane : les visiteurs ne rataient presque jamais la cible qui était très large et placée à proximité. La susceptibilité des clients était sacrée. Jose endossait ensuite ses plus belles plumes pour présenter les boucles d'oreilles, bracelets, et autres pendentifs fabriqués par les membres de la tribu à partir de graines ovales et teintes. Parfois, le guide abandonnait le groupe au chauffeur et restait avec deux ou trois voyageurs intrépides. Cela signifiait que la soirée serait animée, ce qui réjouissait Ernan. Les membres de la communauté restaient plus longtemps dans le camp touristique, à cuisiner, à échanger, allant même parfois jusqu'à faire un feu.

Le guide emmenait parfois Ernan et certains enfants du village en excursion avec les touristes. Sa cascade préférée était celle qui était bordée de roches argileuses, que le guide appelait *puka rumi*. Il fallait frotter le rocher avec une pierre humide pour donner naissance à cette pâte rouge dont ils s'enduisaient tous le corps avant de plonger dans l'eau. Les enfants, téméraires, escaladaient la roche cernant les chutes et faisaient des sauts impressionnants. Un autre jour, Ernan les suivit dans le fleuve aux anacondas, celui-là même qui servait de baignoire et de machine à laver le linge, alors qu'ils partaient pêcher le *carachama,* un petit poisson préhistorique ressemblant au poisson-chat. Insensibles aux rochers tranchants et au courant qui menaçait de les emporter à tout moment, les plus grands édifiaient une digue supposée ralentir le débit de l'eau, délimitant une sorte d'écluse à l'intérieur du fleuve. En fin d'après-midi, les *carachamas* étaient là, par dizaines, apathiques, étendus sur les rochers. Il ne restait plus qu'à les capturer à main nue. Les gamins avaient l'œil, beaucoup plus qu'Ernan, qui peinait à avancer mais qui récupérait et gardait les poissons dans le repli de son tee-shirt. La peau était dure et le goût similaire à celui des poissons de rivière : grillés en brochette avec un morceau de yuca, c'était pourtant le plat préféré des enfants de la tribu.

Quand le guide n'était pas là, Ernan était, à son grand regret, exclu de la vie quotidienne de la communauté, des repas, des travaux de culture. Il faisait cuire son riz blanc dans la cuisine désertée après avoir mendié une allumette que Jesus lui donnait à contrecœur – bientôt, on ne lui donna plus qu'une bougie déjà allumée qu'il devait transporter à l'autre bout du camp et ramener. Il déjeunait seul, sous le regard suppliant des chiens affamés. Ses grands projets de développement avaient été contrariés par la puissante inertie de la communauté, qui ne venait pas aux rendez-vous, ne fournissait pas les informations nécessaires et qui, globalement, évitait son contact. Aussi fut-il passablement agacé de constater que son maigre réservoir de nourriture avait été pillé. Jose avait haussé les épaules : « ce sont les enfants ».

*

Le dernier soir de la première semaine, après le départ des touristes, Ernan remarqua la présence d'un vieil homme qu'il n'avait jamais vu au camp. Assis sur un banc de l'espace commun, il ne faisait, pour ainsi dire, rien. Ernan alla le saluer et lui demanda s'il était un visiteur :
- Je suis médecin, répondit l'homme dans un espagnol approximatif, je vais de village en village. Je suis ici ce soir pour soigner mes amis de Sachacasa.
Alors qu'Ernan lui demandait si les autres savaient qu'il était arrivé, il hocha la tête et désigna la cabane de Jesus :
- Ils sont là. Ils préparent à manger.
Curieuse coutume que de laisser leur invité attendre à l'extérieur qu'ils aient fini de préparer le repas. Après avoir échangé quelques mots, le volontaire partit pour sa baignade rituelle dans le fleuve. Lorsqu'il fut de retour, environ une heure plus tard, la nuit était tombée mais il devina la silhouette du visiteur sur son banc. L'Homme était encore en train d'attendre.
Plus tard, alors qu'il s'était endormi, Ernan entendit des bruits de voix monter du camp. Curieux, il sortit à leur rencontre et croisa le chemin de Juanita.
- Un vieil ami est venu nous rendre visite, dit-elle, nous allons converser.
- Puis-je venir avec vous ? demanda Ernan.
- Si tu veux. Mais cela va durer toute la nuit.

Ernan se glissa à sa suite dans la cabane sans pilotis qui servait d'ordinaire de boutique artisanale. Tout le village était présent. Les adultes s'étaient serrés, assis sur la terre séchée ou sur des rondins de bois tandis que les enfants, installés en retrait, étaient occupés à jouer. L'ingénieur se fondit discrètement dans la pénombre. Lorsque l'homme entra, un silence religieux s'installa. Il se fraya un chemin parmi les corps et rejoint la place centrale, aux côtés de Juanita et de

Luis Père. Après quelques échanges cordiaux, une étrange cérémonie se déroula sous les yeux du volontaire. Une femme du village s'était installée au centre des regards, face au médecin. Ce dernier commença par saisir deux branches couvertes de feuilles (il était difficile de les distinguer dans l'obscurité) et les fit chanter. Le bruissement était rythmé mais permanent. Le reste du village observait, attentif. Soudain le médecin se mit à délivrer une psalmodie saisissante, comme s'il était en transe. Ses intonations variaient du susurrement au cri, dans un quechua qui n'avait jamais sonné aussi sibyllin aux oreilles d'Ernan. Lorsque la tension retomba, il présenta à la femme une bouteille en plastique ; elle vida son contenu d'un trait. La psalmodie reprit mais cette fois la femme intervenait, répondait, comme si le médecin lui posait des questions. Toujours accompagné par la rythmique des feuilles, doublée de celle d'un petit tambour aux mains d'un jeune homme que la pénombre avait d'abord dissimulé à Ernan, il se mit à l'asperger d'un liquide incolore. À présent, les villageois réagissaient, s'exclamant, approuvant, riant. Le médecin continuait de cracher sur sa patiente mais Ernan, fasciné, n'avait pas du tout envie de rire. Peu à peu, se laissant bercer par l'immuable litanie, il perdit le sens du lieu et de l'instant et s'endormit.

Son rêve fut terrible. Il voulait appeler ses parents en visiophone. Son père avait l'air désespéré. Il lui annonçait que sa mère avait un grave cancer, qu'ils ne lui avaient rien dit pour ne pas l'inquiéter, mais qu'elle se trouvait à présent dans un état critique. Les médecins ne lui donnaient que quelques semaines à vivre. « Mais ce n'est pas la peine que tu reviennes, répétait-il face à ses objections indignées, il faut que tu profites de ta vie, de ton expérience chez les Indiens ».

Lorsqu'il se réveilla, rien n'avait changé. Le médecin continuait à psalmodier mais Pablo avait pris la place de la femme. Certains enfants avaient disparu. Une heure, peut-être trois ou cinq s'étaient écoulées. Il se redressa trop brusquement et les villageois remarquèrent sa présence. Jose eut l'air contrarié. Il se leva et le saisit par le bras pour le raccompagner à l'extérieur. C'est le médecin qui l'interrompit :
- Fais-le venir, dit-il en espagnol.
- Es-tu sûr ? demanda Jose.
- Oui, je vais le purifier.

C'est ainsi qu'Ernan prit la place de Pablo au milieu des gloussements du public. La cérémonie reprit et le volontaire se laissa docilement hypnotiser par le rythme régulier des feuilles et du tambour. Lorsque le médecin lui présenta la petite bouteille en plastique, il imita la première femme et la vida d'un trait. La boisson était aigre et forte, avec un puissant goût d'écorce fermentée. L'Homme poursuivait sa psalmodie, en l'aspergeant d'alcool – Ernan en était sûr, il s'agissait de rhum. Soudain, bien plus tard, une forte nausée l'envahit, et il se retrouva à l'extérieur de son corps, dans la forêt. Face à lui, un immense corbeau le contemplait. La vision dura quelques secondes et s'évapora aussi brutalement qu'elle était venue.

Ernan fut alors précipité dans ce qui lui sembla être un terrier et plongé dans le tohu-bohu d'une salle de classe aux lumières aveuglantes. L'oiseau perché sur son épaule, il s'efforçait de capter l'attention d'une trentaine de sièges vides, s'exprimant malgré lui dans une langue qu'il ne comprenait pas. Car c'était bien lui qui racontait, dans un français volubile, hanté, l'histoire de ce vagabond en quête d'inspiration. Plus tard, il se déportait dans la fiction. Il n'était plus le conteur du récit, il *devenait* le récit, son vagabond, ses îles, ses Hommes. Il avait pris la tangente, ukulélé au dos, et lorsque l'homme à la peau noire lui demanda de présenter son passeport, il ne se reconnut pas sur la photographie. Des visages aussi opiniâtres qu'inquiétants lui apparaissaient ; celui, impassible, de l'homme aux longs cheveux, le sourire édenté d'une ogresse amoureuse. Il s'éveilla dans la peau d'un autre et, sous l'égide de son protecteur, marcha sans itinéraire, par-delà les identités et les *landz* de ce monde aussi vaporeux que familier. L'oiseau noir continuait de dessiner une arabesque nonchalante dans le ciel brun. Une minute s'était écoulée, ou bien deux années, toute une vie peut-être. Il fut roué de coups au cœur de la nuit et, plongeant ses yeux dans ceux du petit garçon interloqué, réalisa soudain que son nom n'était ni Valérian, ni Eli, ni même Peter. L'heure avait sonné. Les joues inondées de larmes factices, il se sentit hurler à l'appel du tambour, dont la cadence plus pressante semblait provenir des entrailles de la Terre.

Ernan se releva brutalement, les mains crispées sur son smartphone. Soumis à des sanglots incontrôlables, à des spasmes d'une violence inouïe, il se précipita à l'extérieur pour vomir tout ce que son corps pouvait vomir. À l'intérieur, c'était l'allégresse. Jesus sortit pour raccompagner le volontaire éprouvé dans sa cabane. La tête lui tournait encore et un bourdonnement étrange avait envahi ses oreilles.

- Tu vas voir le futur, dit Jesus au moment de le laisser, et peut-être ton guide te révélera-t-il un grand secret. Tâche de te souvenir de ton rêve.

Alors qu'Ernan ouvrait la porte, il le retint par la manche et murmura :

- La cérémonie de l'ayawaska avec le chamane, c'est trente dollars.

*

Cette nuit-là, le corbeau mena Ernan sur la cime de la plus haute montagne de la planète. Insensible aux morsures du froid et aux brûlures du soleil, le jeune homme assista à un miracle et accéda à une vérité essentielle sur le monde. Une vérité connue de tous depuis des siècles, irréfutable, si simple qu'elle lui parut de prime abord naïve. Le corbeau lui parla longuement, avant de prendre son envol et de disparaître à l'horizon, emportant dans son bec les futures pages de ce livre. Lorsqu'il s'éveilla, Ernan avait tout oublié. Le futur, le miracle, le secret du monde. Deux effets secondaires se firent pourtant ressentir. Comme ses voisins amérindiens, il n'avait plus faim. Durant le reste de la semaine, il devait se contenter d'un repas par jour, rejetant systématique la viande et toute nourriture superflue. Sa libido en avait aussi, singulièrement, pris un coup : il craint d'être devenu asexuel pour toujours.

*

Le volontaire n'avait pas donné le moindre cours d'anglais depuis son arrivée. Chaque fois qu'il croisait Juanita, elle lui promettait de passer le mot et que la communauté se réunirait le lendemain, à une heure sur laquelle ils s'accordaient. Ernan rejoignait le lieu de rendez-vous avec son papier et ses stylos, ayant préparé une méthode d'apprentissage ciblant les enjeux majeurs auxquels seraient confrontés les habitants : vocabulaire touristique, conversationnel, alimentaire et spécialisé dans leur environnement immédiat. Il patientait environ une demi-heure et repartait en colère. Parfois, il y avait du monde dans l'espace communal, mais les enfants préféraient s'amuser et les adultes restaient à discuter. Ils lui disaient : « nous sommes occupés pour le moment, plus tard ». Le jeune ingénieur se sentait méprisé et déconsidéré. Lorsqu'il s'approchait des hommes, Fernando s'interrompait et marmonnait : « tu as une question ? ». Il lui fallait se rendre à l'évidence : il était toléré, voire supporté dans la communauté grâce à son don, mais les habitants n'avaient aucune intention ni envie de partager quoi que ce soit avec lui. Ils ne voulaient pas de son aide, futile et abstraite en comparaison de leurs tâches du quotidien : ce volontaire n'était à leurs yeux qu'un curieux en vacances, un européen maladroit de ses mains dont on aurait préféré qu'il soit plus discret.

Ernan tomba dès lors dans une puissante apathie. Sa tête tournait et sa gorge était irritée. Il lui fallut se rendre à l'évidence : il avait, au cœur de l'Amazonie, attrapé une angine. Était-ce une conséquence de la fatigue, de l'ayawaska, du spleen ? Il résolut d'aller demander de l'aide à Jose qui l'accueillit avec un relatif détachement :
- J'ai de quoi te soigner. Viens avec moi dans la jungle.
Ernan ne s'était pas imaginé qu'il leur faudrait une heure d'exploration à la machette pour atteindre le fameux arbre qui produisait le *yikta*, que Jose surnommait la « cocaïne des forêts ». Le tronc produisait en effet une petite sécrétion blanche que Jose réduit à l'état de poudre dans une feuille.
- Prends-ça, dit-il, inspire-le.
L'effet fut immédiat. Une sensation de brûlure des narines à laquelle succéda un assèchement immédiat des muqueuses. Le mal de tête n'était pas passé pour autant et Ernan, qui avait sous-estimé le trajet et sa difficulté, avait à présent les mollets et les bras couverts de piqûres de moustiques.
- J'ai aussi quelque chose pour ça, dit Jose, le *sangre de drago*. On rentre au village.

Le grand arbre était situé juste à côté de la cuisine. L'écorce de son tronc était parsemée de coups de machette qui laissait transparaître de vilaines cicatrices sanglantes. On aurait dit le corps d'un Homme lacéré par des coups de fouet. Autour de ces plaies béantes, les fourmis s'agglutinaient, partageant l'espace avec les abeilles, tout aussi gourmandes du fameux sang. Jose se lança dans une démonstration et, d'un coup de machette, fit jaillir la sève rouge. Il la déposa sur le bras d'Ernan et se mit à frotter frénétiquement. Peu à peu, la sève changea de texture et vira au blanc. Rêche et collante, la pommade eut effectivement un effet asséchant et apaisant. Il sembla également au volontaire qu'elle pourrait servir de répulsif et de rempart naturel aux assauts futurs, et il se promit de recourir à ses vertus jusqu'à la fin de la semaine. Jose triomphait :

- Ils ne piquent que les peaux blanches. Tu as besoin d'autres médicaments ? J'ai tout ce qu'il faut dans ma pharmacie, dit-il en montrant du bras la forêt. Si ça ne s'arrange pas, tu pourras reprendre de l'ayawaska. Jesus Junior, le bébé de Jesus et Maria, avait des ganglions hier. On lui en a donné un peu et il allait beaucoup mieux ensuite.

Et espiègle, comme s'il avait deviné les intentions passées du volontaire, il ajouta :

- Tu feras un bon retour à l'association, n'est-ce pas ? Tu lui diras que tu étais bien, ici au Jungle Lodge !

*

Tout bien compté, Ernan avait, au cours de son séjour à Jungle Lodge, passé plus de temps avec les enfants du village qu'avec les adultes. Ils avaient été curieux de ses cheveux blonds et de ses yeux bleus, puis avaient fini par en faire un partenaire de jeu. Ernan avait été surpris de voir que les enfants de la jungle jouaient aux mêmes jeux que les enfants européens, avec quelques variantes dans les noms et dans les règles. Ainsi le « chat perché » devenait le « raton » et l'on chantait une chanson équivalente à celle de « Loup y es-tu ? » pour accompagner la ronde insouciante des enfants prêts à prendre la fuite. À l'aise dans leur environnement, les gamins du camp gambadaient sur le pont de bambou, se jetaient dans la rivière aux anacondas suspendus à des lianes, couraient pieds nus dans la jungle, passaient leur journée à jouer et à se chamailler. Le monde était le support de leur imagination, les plantes et les bêtes n'avaient plus de secrets pour eux et, libres d'exprimer leur vigueur dans l'immensité du monde, ils affichaient une forme détonante. On en voyait quelques-uns se battre, parfois violemment et sous les yeux des parents qui restaient en retrait ; ils se réconciliaient toujours rapidement.

À la fin de la semaine, après une journée de pluie diluvienne, fut organisé un grand match de football sur le terrain du camp touristique. De jeunes hommes de tous les villages environnants avaient fait le déplacement pour l'occasion. Ernan, en dépit de son angine, était ravi. Il fut nommé chef d'équipe et choisit en priorité des membres de Jungle Lodge, dont certaines femmes et enfants qui s'étaient portés volontaires. L'enjeu du match était une bouteille de soda accompagnée d'une grosse boîte de biscuits. Lorsque le coup de sifflet retentit, il réalisa que l'entreprise allait être plus ardue que prévue. Non seulement les Amérindiens, hommes comme femmes, jouaient merveilleusement bien, alliant puissance, réactivité et technique, mais ils étaient au demeurant habitués à se déplacer sur le terrain boueux et à jouer pieds nus. Lors de sa première tentative, il dérapa dans la vase et se releva noir de boue. Les enfants hurlèrent de rire et s'y précipitèrent à leur tour. Il handicapa son équipe, incapable de courir dans cet environnement nouveau, se contentant de trotter et de faire des passes dès qu'il le pouvait. Ils perdirent alors que l'averse reprenait violemment. Tous se précipitèrent alors dans le Rio Puyo, qui prit une teinte encore plus boueuse que les autres jours.

La veille du départ du volontaire, prit place une *minga*, journée de travail rituelle à laquelle tout le village ainsi que certains amis des tribus alentours furent conviés. Ernan, qui n'avait servi à rien tout au long de son séjour, allait enfin pouvoir faire ses preuves. La journée se déroulerait en deux temps : trois sessions de travail pour un total d'environ cinq heures le matin et un long conciliabule l'après-midi, permettant au président de l'association d'exposer ses projets pour la communauté et d'échanger avec ses voisins. Il s'agissait aujourd'hui de commencer à bâtir un édifice qui servirait de nouvel espace commun, bien plus grand que le précédent et dissocié de la cabane du pauvre Jesus qui aspirait à un peu de tranquillité. Il fut convenu que les hommes découperaient les troncs et monteraient la charpente. Munie de tranchantes machettes, l'armée des femmes, à laquelle Ernan avait été intégré, contempla l'ennemi et s'élança à l'assaut de la végétation touffue. Il fallait frapper fort et bas, de façon répétée, car comme le disait Charlotte, massive indienne de la tribu voisine, « ici, les arbres repoussent en deux jours ». À l'arrière, les plus jeunes des filles s'occupaient de ramasser les tas constitués et d'aller les jeter dans la rivière. Au premier coup de machette, Ernan fut attaqué par des guêpes furieuses d'avoir été délogées et piqué par les *tilis*, de redoutables fourmis géantes au venin assez douloureux. Il prit ses jambes à son cou et s'enferma dans sa cabane sous les applaudissements, jurant qu'on ne l'y reprendrait plus.

Il ne réapparut que pour écouter le conciliabule de l'après-midi. Fernando avait pris la parole et s'exprimait avec éloquence. Il fut question de la solidarité qui devait lier les membres de la tribu. Le président de Jungle Lodge pointa du doigt ceux qui étaient réticents au travail, ceux qui arrivaient en retard, ceux qui en faisaient toujours le moins possible. Les *mingas* ne suffiraient pas, disait-il, s'ils voulaient achever la construction de la salle commune dans les temps. Il fallait que chacun mette la main à la patte, y compris les autres jours. De la solidarité, martelait-il, voilà ce qui leur manquait. Maîtrisant l'art de la répétition, il revint à plusieurs reprises sur la question avant d'aborder un second sujet qui mit Charlotte en colère. Ernan crut comprendre que des membres de la communauté voisine « parlaient dans le dos » et il était question de « venir dire les choses en face », d'être « sincère et franc ». Le reste se perdit dans un quechua opaque à son oreille. Qu'importe, il était temps pour lui de préparer ses affaires. Le départ approchait.

*

Les adieux furent à l'image de son arrivée et de l'ensemble de son séjour : dépourvus de toute logique. Le matin, Maria avait frappé à sa porte en lui demandant s'il savait manger la viande. Il n'avait pas su quoi répondre à cette question incongrue : il n'était peut-être pas très bon pour jouer au football dans la boue ou pour défricher la jungle amazonienne, mais il n'était tout de même pas stupide ! Il se rendit tout de même dans la salle à manger, où l'attendaient Jesus et Pablo. Pour la première fois depuis le *maito* de Juanita, on avait cuisiné pour lui.

- Une vache est tombée dans le ravin hier, expliqua Maria. La voilà.

De gros morceaux gris avaient été ébouillantés puis placés dans une petite écuelle avec une cuillère à soupe. C'est ainsi qu'en guise de dernière expérience, Ernan fut initié au découpage de viande amérindien, à la dent et à la cuillère. La question de Maria prit alors tout son sens : la viande était dure et filandreuse, il fallait impérativement la découper avec les canines avant de passer aux molaires. Il y avait pourtant quelques couteaux dans la cuisine, mais « c'était meilleur comme ça » avait souligné Maria alors que son occidental d'invité suait sous l'intensité de l'effort masticatoire. Jesus et Pablo étaient dévastés. Ils le prirent dans ses bras et se mirent à pleurer à chaudes larmes, lui souhaitant le meilleur pour l'avenir, la santé, l'amour, la famille. Il emprunta pour la dernière fois le pont de bambou pour se rendre chez Juanita. Elle avait revêtu ses atours de fête : une chemise blanche avec de fines broderies sur le col et les manches. Ses cheveux avaient été peignés et elle portait un collier de dents de caïman. Pieds nus, Juanita entonna un chant d'adieu en quechua, implorant le fleuve, le ciel, la forêt de s'ouvrir pour laisser passer Ernan. Elle missionna ensuite un corbeau sacré pour l'accompagner, le suivre du regard jusqu'à son retour sur sa terre et parmi les siens. Ernan se demanda si le choix de l'animal était dû au hasard. La voix, légèrement éraillée, prenait de l'amplitude au sommet de la toute petite cabane, ne laissant dans son sillage qu'un silence respectueux.

Jose lui avait indiqué la veille qu'il viendrait lui dire au-revoir mais, comme à son habitude, n'avait pas tenu parole. Fernando lui avait indiqué qu'il avait des courses à faire en ville et qu'il voulait bien l'accompagner en taxi. Ernan avait ri dans sa barbe et poliment refusé. Il se trouvait à présent sur le petit chemin qui rejoignait la route goudronnée, et, de cet être de papier, de cet ultime avatar à la spontanéité bien plus littéraire que ma retenue de vagabond introverti, je pourrais dire : « immobile, à attendre que je le fasse disparaître ». Le panneau criard se balançait sous le vent, immuable. Au moment de quitter le camp définitivement, de tourner la page de cette expérience dont je ne savais pas encore quelles leçons tirer, je me souvins que j'avais laissé quelques provisions dans le coffre de la cuisine. Je me dis que je préférais encore les laisser à Pablo et revins en courant pour les récupérer. L'une des adolescentes du village, la bouche dégoulinante du jus d'un ananas oublié, m'avait devancé.

- Tu n'avais pas des biscuits, aussi ? demanda-t-elle sans sourire.

Solstice

Andes (Equateur)

Les nuits sur les pentes du Chimborazo étaient glaciales. Le soir, nous faisions durer le feu et allions nous enfouir sous une épaisseur de six couvertures de laine sans nous laver. J'ai ainsi vécu avec Maria, une française qui s'appelait en réalité Marie-Flore, pendant une semaine. Quant à mon propre nom, présentant trois difficultés de prononciation pour les hispanophones, il devait être massacré en « Balerio ». Nous entamions le matin une belle montée pour rejoindre la petite communauté amérindienne et le troupeau de cent alpagas que nous étions chargés de mener paître. Dans la fraîcheur sèche du matin, enfouis sous nos ponchos épais, nous les attendions près de petites cases en terre séchée. À l'intérieur, un espace réservé au feu, quelques bancs de fortune, un matelas rudimentaire et, suspendus en vertu d'un système de leviers d'une ingéniosité remarquable, de grands sacs remplis de yuca, riz, pâtes, pommes de terre et avoine que l'on faisait mijoter avec du bœuf pour obtenir le ragoût journalier. La viande d'alpaga, notoirement très goûteuse, n'était quant à elle consommée que pour les grandes occasions, la laine et le fromage permettant des bénéfices plus réguliers. Plus fréquemment grillait-on le *cuy* à la broche, ce cochon d'Inde sauvage et massif dont la saveur forte et la couenne épaisse faisaient merveille.

Pour nous accompagner, Maria, petit bout de femme d'environ un mètre, largement dissimulé derrière sa grande écharpe bleue, sa jupe traditionnelle, ses hautes chaussettes et son chapeau caractéristique. Car, plus tard dans la journée, le soleil frapperait violemment sur les pentes dépourvues d'arbres, le Chimborazo étant réputé pour être le point du monde le plus proche des étoiles si l'on combine son altitude et sa situation, sur l'Equateur. De longs cheveux noirs noués en tresse, dans la tradition andine, un visage brûlé par l'excès de lumière, une forte odeur de transpiration rance et un œil vif en dépit de l'âge avancé achèveraient de dépeindre ce personnage haut en couleurs.

L'image des alpagas se dirigeant, dans un trot enthousiaste, vers le sommet enneigé qui leur fait face est majestueuse. L'herbe ocre, déflagrée s'efface parfois au profit d'espaces rocheux sur lesquels il est plus ardu de progresser. Maria, malentendante, pousse un petit cri aigu, à mi-chemin entre le rire sadique et le hurlement du loup, pour inciter les animaux à avancer. Elle se précipite à leur suite en brandissant un petit bâton, effrayant les animaux qui imaginent sans doute qu'elle va les dévorer. La technique est rapidement intégrée ; ma camarade française et moi-même nous plaçons sur les côtés pour éviter que le troupeau ne se disperse. Les indications de notre bergère sont parfois un peu confuses : « ¡ Arriba abajo[32] ! ¡ Abajo ! ¡ Arriiiiba! ». Le cortège progresse dans un joyeux tintamarre.

Régulièrement, Maria s'arrête et s'allonge dans les confortables coussins d'herbe sèche en s'exclamant « Descanzo ! ». Nous laissons les alpagas brouter l'herbe rousse et s'éparpiller tandis qu'elle sort son ouvrage de couture. Elle tricote le même bonnet de

32 En haut en bas !

couleur bleue chaque jour. L'oxygène est rare à cette altitude et nous nous essoufflons rapidement : ces pauses sont bienvenues, surtout les premiers jours. Il faut ensuite réunir le troupeau. Les alpagas sont de véritables têtes de mules, bien plus indisciplinés que les moutons. La seule solution pour les faire avancer consiste à se placer derrière eux, à hurler et à agiter le bâton. Si tu n'es pas derrière ton alpaga, il n'avancera pas.

Nous ne mangeons pas. Le soleil nous coupe l'appétit et nous ne voulons pas nous charger. Plus tard, il nous faut entamer la descente afin d'être de retour avant la nuit. Ce vendredi après-midi, je suis inquiet. Le matin, l'une des femelles alpagas, plus massives que les autres, a eu un comportement étrange. Elle a commencé à se retourner vers nous, nous jetant de petits regards paniqués, entravant la bonne marche du troupeau. Insensible, Maria l'a houspillée et contrainte à avancer. Mais l'animal a eu un comportement exceptionnellement agressif, puisqu'il lui a fait face et lui a craché à la figure. Quelques minutes plus tard, devant nous, la femelle a mis au monde un petit corps humide et inerte, brutalement projeté au sol. Maria nous a pressé d'avancer et de laisser l'animal. Au crépuscule, nous retrouvons trace de la femelle aux abords de la communauté. À ses côtes, un tout petit alpaga, avec ses grands yeux noirs et son corps minuscule, marche maladroitement. C'est un miracle. Maria le soulève et l'examine avant de le déposer dans les bras de ma camarade. « Se llamara Maria[33] », conclut-elle, sans préciser à laquelle des deux elle pense.

33 Elle s'appellera Maria.

Révolution

Costa Rica

Lorsque je repense à la Madre, je la vois dans sa salle à manger, assise à la longue table amarante. Elle observe distraitement son intérieur, attendant patiemment que l'un de ses grands enfants revienne animer la maison familiale. Son regard est comme égaré.

Je m'y suis attaché, à la Madre, au cours des quelques jours passés à ses côtés, à cette même table et autour du réchaud. Parce qu'elle portait le même prénom que ma grand-mère anarchiste, mais aussi parce que, comme elle (et la plupart des Maria qui ne manqueraient pas de croiser mon chemin en Amérique du Sud, exception faite du bébé alpaga), elle m'appelait « Hijo ». Elle ne cessait de me répéter qu'elle ne savait pas cuisiner, s'excusant presque. Ce qu'elle aimait, c'était sortir la nuit tombée dans son jardin pour me découper un long morceau de canne à sucre à mordiller, aller ramasser des avocats et du citron pour que je puisse préparer un guacamole rudimentaire. Elle rêvait de manger des spaghettis bien cuisinés et, faisant un amalgame excusable, m'avait déclaré spécialiste de cuisine italienne. Nous partions en expédition à la petite alimentation du quartier, revenant joyeusement avec ce que les américains appellent du « fromage », de la crème sucrée locale, de la sauce ketchup et de la mayonnaise. Le mélange n'était pas tout à fait à la hauteur de ma réputation ; qu'importe, elle dévorait son plat en répétant qu'il était délicieux. L'après-midi, elle m'emmenait dans son immense plantation de café, me montrait les grains et m'expliquait le processus de torréfaction. « Le café des français est très noir, disait-elle, nous, nous le préférons moins transformé, plus sucré ». Nous allions rendre visite à la tante au perroquet, parfois pris au piège de la brume caractéristique de Monteverde, bourgade mondialement renommée pour sa « forêt de nuages ». Une dame que l'on avait envie de serrer dans ses bras, dont je ne parvenais pas à découvrir le secret.

Elle était bien entourée, la Madre. Ses nombreux enfants semblaient la protéger de quelque chose qui m'échappait. Comme dans de nombreuses haciendas latines, les chambres étaient aménagées comme des micro-appartements dans lesquels chacun pouvait avoir son autonomie. Dans une dépendance extérieure s'était installé le fils cadet, encore mineur. S'il restait la plupart du temps dans ses quartiers à écouter de la musique ou à regarder la télévision, on le voyait parfois attablé dans le salon autour d'un jus d'ananas avec sa petite amie, une costaricienne bruyante et volubile qui agaçait le reste de la fratrie. Il y avait ensuite la chambre que mon amie Lucia partageait depuis son retour de France avec sa sœur Elena. Les deux aînés avaient fait construire leur propre maison, plus moderne. Lucia m'expliquait les choses ainsi : « chez nous, chacun fait sa vie, on rentre, on sort. On mange rarement à table et pas forcément ensemble, mais on se croise, on se rend visite ».

Lucia était la seule de la fratrie à ne pas porter d'appareil dentaire, résistant à cette singulière lubie nationale sans limite d'âge. Membre actif de l'équipe régionale de football féminin, elle se rendait trois fois par semaine sur le petit terrain couvert et faisait le spectacle devant des spectateurs conquis. En fin de semaine, c'était dans une discothèque fréquentée par les locaux qu'elle aimait se rendre avec ses amis d'enfance. Tout le monde se connaissait depuis toujours dans ce village isolé : Monteverde, en dépit de son attrait touristique, n'était accessible que par un chemin de terre pentu et cabossé, à plusieurs heures de route des zones urbaines. Sur la grande piste inondée de lumières colorées, les danseurs passaient d'une cavalière à l'autre, sur des pas maîtrisés de salsa puis de bachata, dans une ambiance bon enfant.

Isabel, la sœur aînée, était quant à elle un modèle de réussite. Avec son mari Juan, qui ressemblait à un hollandais avec ses yeux bleus et sa peau claire, elle avait fondé l'une des institutions de Monteverde : le *Chococafé*. Il fallait la voir diriger ses équipes et leur apprendre, avec une bonne humeur communicative, à dessiner au couteau des arabesques, des animaux et des feuilles mortes sur la mousse claire des chocolats chauds. Elle avait ramené des Etats-Unis, où elle avait séjourné quelques temps, des recettes qu'elle aimait customiser : cheesecake au fruit de la passion, gâteau au chocolat et à la bière, pudding de maïs et de banane. Lorsque la Madre se rendait au Chococafé au bras du fils cadet, elle quittait la cuisine pour lui servir elle-même ses meilleures créations. La Madre... Bien qu'encore relativement jeune, son corps semblait frêle et sa démarche était aussi hésitante que celle d'une personne âgée. Bien qu'entourée par ses enfants, passionnante quand elle faisait visiter sa plantation, son œil restait désespérément triste.

Un jour, une voiture semblable à un taxi se gara dans le jardin et un homme en sortit. Difficile de lui donner un âge, avec ses cheveux à peine grisonnants et ses gestes légèrement nerveux. Il entra dans la maison et se présenta à moi par son prénom. Personne ne semblait avoir remarqué sa présence. Lucia, assise sur le canapé en toile n'avait pas levé les yeux de son jeu de cartes et Elena semblait absorbée par son téléphone. L'homme s'était avancé jusqu'à la cuisine et parlait à voix basse à la Madre, qui se contentait de hocher la tête. Il posa ensuite sa main sur son épaule. Elle ne se dégagea pas. Nous déjeunâmes exceptionnellement tous ensemble, ce jour-là, dans un silence religieux. Quelque chose avait imperceptiblement changé dans les gestes de la Madre, plus assurés. Quant à Lucia, elle fixait obstinément son assiette, évitant de croiser le regard de l'invité du jour. Puis l'Homme repartit, me saluant brièvement d'un signe de la tête. La Madre le raccompagna jusqu'à la voiture et le serra longuement dans ses bras. « Où va-t-il ? » demandai-je à Lucia. « À Manuel Antonio » me dit-elle en haussant les épaules. Alors que la Madre, immobile dans l'encablure de la porte, regardait la voiture s'éloigner, je crus l'entendre ajouter, dans un murmure presque inaudible : « voir son autre famille ».

Mille planètes en rotation autour d'une étoile,
La vie s'assèche et rejaillit en d'autres, immuable,
L'illusion demeure.
Maktoub.

Contre le verre meurtrier d'un lampadaire,
Deux insectes, en quête d'une Lune trop pleine,
Viennent se fracasser.
Maktoub.

Tortues de Ridley, Hommes-oiseaux costumés, grands aventuriers,
Tous prennent allègrement le large,
Et rebroussent chemin le ventre gros.
Maktoub.

Au nom du père qui a fui sans un regard,
Et qui revient, nonchalant, en sa demeure
Butiner les fleurs d'un temps révolu.
Maktoub.

D'autres ont tracé pour toi le périmètre de ton île,
Chambre de bonne ou avec vue, la rue, le monde
Ce bout de terrain qui garde l'odeur de l'enfance
Qui t'a vu naître, croître et fuir.
Il demeure l'éternel épicentre
Autour duquel sédentaires et nomades dessinent une orbite

Plus ou moins adroite.

J'ai fait de la petite maison mon antre et d'Hoi An ma muse
À la faveur d'un verre d'alcool de riz partagé au détour d'un jardin,
Poursuivi l'écriture dans la maison de l'enfance, les maisons d'amis, un bus népalais,
Vécu sans raconter, transmuté sans vergogne.

J'ai aussi laissé un peu de moi à la table de la Madre
Dans la chambre noire d'Hokianga,
Dans le froid de Santiago de Chile,
Dans le refuge d'Ivo
Et à mes semelles arrimé un peu
Des Hommes au grand cœur et des Hommes au cœur lourd,
De ceux dont les traits ont été déformés par la haine,
De ceux dont je parle peu,
Des êtres de chair et des personnages de fiction,
Des entre-deux.

J'ai aimé goûter l'intimité du Monde sans jamais terminer mes assiettes,
Trouvant refuge sur le bitume des routes, aux confins d'un tacot
Jusqu'à la lie,
Jusqu'à envisager de bâtir
Un jour
Peut-être
Sacoche au sol
Ma propre maison.

Et je m'interroge.
L'itinéraire de l'insecte fou,
Aussi libre et digressif soit-il,
Ne serait-il qu'une révolution ?
Aussi vrai que la Terre est ronde,
Que certains Hommes restent prisonniers de leur île une vie durant,
Il est parfois bon de se sentir chez soi,
À sa place.

Assilah, au crépuscule ;
Je porte la touche finale au monstre nouveau-né, qui
Comble de l'ironie,
Ressemble à un roman.
Maktoub.

« Maktoub »,
13 avril 2018, Assilah.

Le Chemin de la maison

Vietnam, France, Canada

En 1954, mes grands-parents, accompagnés de ma mère alors âgée de deux ans, fuient le Vietnam en guerre pour s'installer en France. Jamais ils n'ont revu leur pays.

Soixante-quatre ans plus tard nous voici, ma mère et moi, de retour sur une terre à la fois inconnue et familière. Familière par sa langue, que ma mère comprend avec une aisance déconcertante sans être capable de la parler, par l'architecture de ses immeubles, qui me donnent un étrange sentiment de déjà-vu, par la façon qu'ont les femmes de s'asseoir, accroupies comme ma grand-mère. Pourtant, ce Vietnam-là n'est pas celui de la fratrie de ma mère, qui a connu une éducation stricte et douloureuse, ce Vietnam qui innerve mon roman *Bâton de Réglisse*. Ici les enfants apostrophent, jouent dans la rue, les adultes semblent moins soucieux de l'étiquette que ce que nous aurions imaginé.

Dans l'appartement de mon grand-oncle, le Tonton Phung (longtemps perçu comme le « Tonton Fou »), l'autel des ancêtres réserve une place de choix à Ba Ky, ma grand-mère. Une myriade de tantes, oncles, cousins, neveux dont nous ne parlons pas la langue nous accueillent à bras ouverts. En quelques heures, la famille est recomposée, les décennies de séparation comme oubliées, le ragoût de tortue poliment entamé. Car au Vietnam plus que nulle part ailleurs, la famille est sacrée. Toutes les générations vivent sous le même toit et le patriarche, mon bienheureux Tonton Phung, affiche une forme détonante pour son âge. Je me surprends à rester quelques jours de plus, à l'aise dans cet environnement chaleureux, apprenant avec facilité le vietnamien du quotidien. Pour le plaisir de déchiffrer une berceuse avec ma grand-tante Ba Khanh, de me promener aux bras du Tonton, dont la tactilité légèrement brutale est comme une madeleine de Proust, ou d'entonner avec une belle-cousine dans un karaoké surréaliste la chanson que ma grand-mère chantait à ma mère alors qu'elle était enfant et qui, ironiquement, s'intitule « Ngay Ve » (un jour je reviendrai). Et je me demande quelle aurait été notre vie si, ce jour de 1954, mes grands-parents étaient restés aux côtés du Tonton. Le fort caractère de ma mère aurait-il été étouffé par le fragile équilibre du quotidien familial ? Aurait-elle été l'une de ces mariées qui figent leurs sourires sur des photomontages d'un autre temps ? Aurais-je été condamné à vivre dans un environnement bienveillant mais dans le déni de ce que je suis ?

Pourquoi, comme la plupart de mes élèves immigrés, suis-je plus fier de la terre d'où je viens, et que je connais finalement peu, que de celle qui a accueilli notre famille ? Entre en jeu une part de fantasme, sans doute, mais aussi des valeurs, des façons de vivre. Ce sens du labeur, admirable, cette simplicité loin des gadgets invasifs qui saturent notre quotidien et le rendent artificiel, un sens du présent qui contraste avec notre tendance à tout planifier, une pudeur dans l'expression de ses sentiments qui me renvoie à mon mépris pour les gens trop expansifs, cette bienveillance qui nous fait tant défaut. Je repars de Thanh Hoa, en cette triste date électorale du 9 novembre 2016, avec un sac rempli de *banh chung*[34], de la perplexité

34 Gâteau de riz fourré à la viande que l'on déguste dans une feuille de bananier.

et de la honte dans le cœur, mais je me raccroche à la pensée que loin de nos contrées automutilées, une autre espèce d'humanité, invincible, persiste.

*

Je la retrouvais chaque été dans le sud de la France pour monter un spectacle de quartier qui réunissait l'ensemble des familles en villégiature. Je me demande aujourd'hui si les voisins venaient pour notre spectacle ou pour la *sangria* de mon père. Sa coupe à la garçonne troquée pour des teintures sophistiquées multicolores, ses vêtements amples pour des minijupes *cosplay*, la voici à Tokyo, ville de cœur inattendue, plongée dans des études de cinéma.

De tout âge, de tout milieu, ils ont disparu par dizaines. Parfois pour quelques années, souvent pour ne jamais revenir.

Quand je leur demande pourquoi ils aiment tant Montréal, ils me répondent qu'ils y ont rencontré les amis qu'ils n'ont jamais pu avoir en France. Qu'ils vivent leur rêve américain. Que l'on y est libre. Ils y ont entamé de nouvelles études, ambitieuses, en sciences cognitives ou en comptabilité. Ils ont aimé vivre de petits boulots, en colocation. Ils y ont trouvé un élan inédit. Quand je les retrouve, ici ou là, je ne les reconnais que partiellement. Ils parlent vite, enthousiastes, avec un léger accent québecois que certains surjouent. Ils donnent l'impression d'avoir résolu une énigme, mis le doigt sur une vérité essentielle. Ivres d'un bonheur légèrement agressif et revanchard, ils ont tourné la page rageusement, sur leur famille, leur vie passée, le pays du mal-être. Ces latentes métamorphoses me fascinent.

Nombreux sont ceux qui sont partis en quête de l'Eldorado. Pour ma génération, nomade et connectée, il est moins un fantasme utopique qu'un choix de vie réfléchi et assumé. Cette mobilité permanente crée une nouvelle espèce d'Hommes, en permanente évolution au gré des déménagements, des voyages et des expériences. Notre rapport à l'amitié est à la fois centré sur le présent et le virtuel : rares sont ceux qui nous accompagneront au quotidien tout au long de notre existence mais ceux que nous croisons et avec lesquels nous fusionnons éphémèrement n'en disparaissent jamais vraiment. Les chemins se croisent et se défont, nos parcours s'individualisent ; chaque itinéraire devient singulier. Demeure une impression douce-amère de nostalgie, celle d'avoir un peu perdu ceux que j'ai connu et aimé un jour, avec leurs maladresses, leurs fragilités, ceux qui étaient encore, alors, en quête d'un idéal.

Heimat

Suède

Les premières années de ma vie d'étudiant, j'ai compulsivement voyagé en Scandinavie, passant tout ce que j'avais de vacances et d'économies à explorer Norvège, Islande, Suède et Danemark. Il faut dire qu'une compagnie à bas coût avait inopinément métamorphosé le petit aéroport de mon village en hub, ce qui facilitait grandement les choses : au meilleur de l'année (il est vrai que cela impliquait de sécher quelques cours), je payais mon aller-retour pour Oslo au tarif imbattable de 4,99 euros. Aujourd'hui encore, la Scandinavie est comme un refuge. Dans ce refuge, il y a Stockholm, la plus belle de toutes les villes, douce et trépidante. Et c'est au cœur de Stockholm que je découvre le plus humble et le plus accueillant des foyers : la maison de Mikhael.

C'est une belle maison scandinave, avec ses poutres apparentes, ses murs pastel, légèrement rosis, son piano en bois. Elle appartenait à la mère de Mikhael, qui en a malheureusement hérité trop tôt. Les premiers mois, ses projets vont à vau-l'eau. Il erre dans la belle maison sans envies, subissant la solitude, incapable de faire son deuil. Au bout de quelques années, il trouve une petite activité dans une alimentation de quartier. Et peu à peu, la maison se transforme.

Elle devient le centre du monde, le lieu de rencontre de tous les voyageurs.

Y-a-t-il des moments où vous sentez que les choses se passent de manière absurde, invraisemblable, comme si le destin s'amusait avec vous ? Quand je prends l'avion, j'ai beau être conscient de la logique du fonctionnement aérien, quelque chose m'échappe. J'ai toujours l'impression, perché à des centaines de mètres, à une vitesse incroyable, qu'il est miraculeux que je ne m'écrase pas au sol. Un autre reprend : quand je suis dans un tuk-tuk en Inde, c'est un miracle que les voitures, lancées à toute allure, nous frôlent sans jamais nous renverser. Je dis : il faut que je vous raconte l'histoire de mes gants. Et j'explique comment, un matin d'hiver, je réalise que j'ai perdu un gant sur le chemin de l'école. En rentrant chez moi le soir, j'ai la surprise de le retrouver au milieu d'un passage piéton. Il était resté là toute la journée ! Le comble survient lorsque je découvre à mon retour chez moi, posé sur mon lit, mon gant, oublié le matin même. Les deux que j'ai dans ma poche sont deux mains droites. Les trois gants sont rigoureusement identiques. Pour ce qui est de l'irrationnel, le monde a décidément plus d'imagination que mille aviateurs réunis.

Mikhael est à son aise dans cette joyeuse agitation. Atteint d'un strabisme avancé, son allure effraie parfois les clients du magasin, qui n'en sont sans doute pas encore arrivés à la conclusion que la laideur faisait l'Homme. Au milieu de ses invités chiliens, français, chinois, malaisiens, pour qui est un Homme est un Homme, il se sent libéré de la pression du travail, apprécié à sa juste valeur. Le soir venu, il abandonne sa chambre et dort sur un petit matelas d'appoint. Après une dure et longue journée au magasin, la fête reprendra. Certains restent, d'autres partent mais il y a toujours quelqu'un chez lui. Ce soir, j'y ai invité mes meilleurs compagnons de voyage.

Assis sur le sofa, il y a Lionel et sa guitare. Il raconte à Dean comment nous nous sommes rencontrés en Malaisie, parle de la magnifique plage de Pulau Perhentian, du groupe de musiciens locaux dans lequel il s'est fondu toute la semaine. Guitare solo uniquement, dit-il, c'est comme ça que je voyage. Il rit en disant qu'où qu'il soit, il passe pour un local. Il est vrai que ses traits sénégalais et ses longues dreadlocks en font un parfait caméléon. Dean lui révèle qu'il s'appelle en réalité Dimitri mais qu'il adore le roman de Jack Kerouac. Voilà huit ans qu'il est sur la route avec sa compagne Alesna. Ils se sont arrêtés en Thaïlande, où ils ont découvert le yoga. Dean montre une photographie de lui, quelques années plus tôt : il est méconnaissable. Je ne mangeais rien à cette époque, s'amuse-t-il, mais j'avais une forme impressionnante. Plus loin, il y a Ludovic, rencontré sur les pentes du Kawah Ijen, sur l'île de Java. Dans l'attente du départ pour le volcan, prévu pour minuit, le guide s'était gentiment débarrassé de nous en nous mettant littéralement dans son lit, « parce qu'il faut dormir », nous laissant enfermés deux bonnes heures dans la petite pièce de bric et de broc. Ludovic, comme beaucoup de voyageurs, est un insecte fou en quête de quelque chose qui le dépasse. Tu crois vraiment que j'ai envie de rentrer et de faire prof de judo ? répète-t-il. Plus loin, les trois norvégiennes, Anne-Grete, Ann-Berit et Eva sont en pleine conversation. La première est nouvellement grand-mère, elle vient de Koppang, petit village isolé au milieu de la forêt. Les deux autres, pleines de vie, sont enseignantes à Drammen. Elles m'ont initié au rosé sud-africain, appris comment approcher les guépards et à interagir avec eux. Eva raconte fièrement comment elle a décroché le rôle de « Leading Whore[35] » dans le remake de la comédie musicale *Les Misérables*.

35 Première prostituée.

Dans la maison de Mikhael, j'inviterais aussi cette voyageuse espagnole au bord de la crise de nerf, croisée près de Malang. Elle avait tenté de rejoindre le Bromo en scooter et, s'étant perdue, était devenue une cible de choix pour les rabatteurs. J'inviterais aussi cette sévère Alsacienne rencontrée à Ha Giang, avec sa phobie des sentiers battus, à prendre un verre avec nous. Cette jeune fille dont j'ai oublié le nom, qui, à la suite d'une rupture avec son compagnon, s'était lancée dans une longue et triste errance en Amérique Latine pour tenter d'oublier qu'il lui avait préféré une Mexicaine « niaise et provocante ». Léa, la femme d'affaire ambitieuse de Rangiroa et son vieillard de mari, détenteur de la clé du coffre, Kim, l'artiste en quête de sa grande œuvre, qui doit encore être en train de sculpter la céramique dans un local de Bath, Yusuf, Bernardo et tous les autres. Venez donc nous rejoindre dans la maison de Mikhael. Déposez vos affaires et, l'espace de quelques heures, installez-vous, sentez-vous chez lui, chez vous,

au centre de notre tout petit monde.

WANDERLANDZ

La Tangente de l'île

Tuamotus, Myanmar, Chili, Maroc, Egypte, France, Bulgarie, Swaziland, Afrique du Sud, Mozambique, Île de Pâques, Thaïlande, Népal.

Wanderlust

Inde, Nouvelle-Zélande, Kenya, Thaïlande, Islande, Espagne, Makatea, Galapagos, Tahiti.

La Terre est ronde

Equateur, Costa Rica, Vietnam, France, Canada, Suède.

Prolongez l'expérience *Wanderlandz* sur le web :

musicalworldtrip.wordpress.com

valerianmacrabbit.com

Instagram / FB : Valérian MacRabbit